水滸傳新考證

[日]井坂錦江◎著
孫世瀚◎譯

山西出版傳媒集團
山西人民出版社

圖書在版編目(CIP)數據

水滸傳新考證 / [日] 井坂錦江著；孫世瀚譯. —
太原：山西人民出版社，2015.12(2024.2重印)
(近代海外漢學名著叢刊 / 鄭培凱主編)
ISBN 978-7-203-09222-3

Ⅰ. ①水… Ⅱ. ①井… ②孫… Ⅲ. ①《水滸》研
究 Ⅳ. ①I207.412

中國版本圖書館CIP數據核字(2015)第207932號

水滸傳新考證

叢刊主編　鄭培凱
著　　者　[日]井坂錦江
譯　　者　孫世瀚
責任編輯　崔人杰

出 版 者　山西出版傳媒集團·山西人民出版社
地　　址　太原市建設南路21號
郵　　編　030012
發行營銷　0351-4922220　4955996　4956039
　　　　　0351-4922127(傳真)
天猫官網　https://sxrmcbs.tmall.com　0351-4922159(電話)
E-mail　sxskcb@163.com　發行部
　　　　　sxskcb@126.com　總編室
網　　址　www.sxskcb.com

經 銷 者　山西出版傳媒集團·山西人民出版社
承 印 廠　山西出版傳媒集團·山西新華印業有限公司

開　　本　700mm×970mm　1/16
印　　張　16.25
字　　數　165千字
版　　次　2015年12月　第一版
印　　次　2024年2月　第二次印刷
書　　號　ISBN 978-7-203-09222-3
定　　價　81.00圓

近代海外漢學名著叢刊編委會名單

出版説明

近代海外漢學名著叢刊選取一九四九年以後未再刊行之近代海外漢學作品，編例如次：

一、本叢書遴選之作品在相關學術領域具有一定的代表性，在學術研究方嚮、方法上獨具特色。

二、爲避免重新排印時出錯，本叢書原本原貌影印出版。影印之底本皆經專家組審定，原書字體大小、排版格式均未做大的改變。

三、爲使叢書體例一致，本叢書前言、後記均采用繁體字排版。

四、個别頁碼較少的版本，爲方便裝幀和閲讀，進行了合訂。

五、少數作品有個别破損之處，編者以不改變版本内容爲前提，部分進行修補，難以修復之處保留缺損原狀。

六、原版書中個别錯訛之處，皆照原樣影印，未做修改。

由於叢書規模較大，不足之處，在所難免，殷切期待方家指正。

總序／温故而知新

晚清以來，西方文化思想的著作也大量譯成中文，最著名的如嚴復與林紓的譯著，影響了整個二十世紀中國的知識界與文學界，使得中國文化的思維脈絡爲之丕變。除了西方思想經典、文學與實證科學著作的翻譯，以實證方法系統化探討中國文史的域外漢學，也對中國學術思想界産生了莫大衝擊，改變了中國學術的著述方法與取嚮。

中國傳統的知識結構，是按經史子集四庫分類的，以儒家意識形態的經學爲文化知識的砥柱，以史學爲貫串歷史經驗的殷鑒，至於子部與集部，則是作爲保存文獻、擴大知識面的附帶知識，可以耽情冥想，可以悠遊玩賞，却都是邊緣化的知識，無關聖教的弘揚，無關文化精髓的宏旨。西方文藝復興之後的現代學術體系，在知識分類上，與中國傳統大相徑庭，講究系統分科，不同知識領域各有其客觀存在的價值，有其相對獨立的目的與標準。日本知識界在明治維新以來，鑒於東方文明落後於西方的船堅炮利，率先效法西方，在追求「文明開化」、「脱亞入歐」的過程中，爲日本學術發展循着現代西方的體例，建立了哲學、文學、歷史學、經濟學、法學、商學、物理學、化學、地質學、醫學、農學、工程學、植物學、動物學等等新型學科，企圖與西方學術齊頭並進，從而影響了中國近代學術體系的發展。

本叢刊選印二十世紀上半葉出版的漢學譯著近百册，分爲三大類：「歷史文化與社會經濟」、「古典文獻與語言文字」、「中外交通與邊疆史」，反映民國時期學術界重視西方及日本漢學研究的成果，藉助他山之石，重新審視中國傳統歷史文化的意義，特别是開拓了傳統學術忽略的領域。五四新文化運動以來，中國學者如蔡元培、胡適都提倡「整理國故」，以理性實證的方法，對中國文化傳統做出系統化的研究，是與這些漢學譯著相輔相成的。這些譯著除了介紹域外漢學的成果，還引進了嶄新的學術研究方法與視角，有助於梳理中國文化傳統的脈絡，重新整合知識結構與學術體系。雖然這些學術著作不是中國學者的成就，無法納入二十世紀中國文史學術的主脈，但是從中文譯本的影響而言，起碼也應當視爲中國近代學術發展的支脈或潜流，不容忽視。可惜的是，到了二十世紀下半葉，因爲兩岸政治形勢的變化，這些漢學譯著，除了部分因王雲五重新入主臺灣商務印書館，而得以在臺灣做了少量的重印，在大陸的出版界，則完全受到遺忘，甚至在許多新成立的大學圖書館中也不見踪影。我們搜集了近百册塵封的漢學譯著，呈現給二十一世紀的中國學術界，一方面是爲了銘記前人爲推展學術而做出的努力，另一方面也是爲了提醒新常態時期的學人，學術發展有其歷史累積的脈絡，可以從中汲取歷史經驗，温故而知新。

說到「温故知新」與這批早期漢學譯著的關係，可以從兩個方面來思考，以見翻譯域外漢學如何反映了時代精神，爲融匯東西方學術思維，重新闡釋中國文化傳承，做出不可磨滅的貢獻。一是域外漢學的研究對象，以中國歷史文化典籍爲主，屬於中西文化碰撞期間興起的「國學」範疇，與五四新文化人物提倡的「整理國故」運動若合符節。研究中國歷史文化，並賦予新的學術意義，是清末民初知識精英念兹在兹的心結。歷史發展走到一個環節，時代的狂風揚起了批判傳統的大旗，風中的英雄幫着推波助瀾，却又無時或忘自己民族文化主體的未來，糾纏於「傳統」能否「現代」的困境。域外漢學的出現，以西方實證方法研究中國歷史文化傳統，綜合東西方各種語言文字材料，擴大了研究國學的眼界，即使無法打開中國文化傳統是否走到盡頭的心結，至少是提供了一個解惑的方嚮，在大霧彌漫的夜晚，看到了依稀渺茫的星光。

二是翻譯域外漢學，有一種以子之矛攻子之盾的吊詭作用，逐漸化解了中國文化思維中的自大心理與封閉心態，讓唯我獨尊的國粹基本教義派解除武裝到牙齒的盔甲，轉而吸收並接受西方實證研究的學風。民國期間新式教育制度的推行、學術體系的變化、大學學術專業的創建，具體到北京大學國學門的成立，中央研究院規劃歷史、語言、考古的研究領域，都與翻譯域外漢學背後的旨意是息息相關的。因此，重新閱覽這批民國期間的漢學譯著，對二十一世紀的現代學人來說，温故而知新，不但可以窺知民國學人追求新知的心理狀態，也會刺激吾人反思，認真思考學術研究方法與中國學術發展的前景，更進一步，探索文化傳統的重新闡釋與新知介入的關係。知識體系的變化當然與傳統的重新闡釋有關，是外爍的影響大呢，還是內因變化的成分居多？

論語·爲政記載孔子説：「温故而知新，可以爲師矣。」歷代解經，對這個「爲師」的道理，有兩種相近似但又取嚮不同的解釋。朱熹四書集注説：「故者，舊所聞。新者，今所得。言學能時習舊聞而每有新得，則所學在我而其應不窮，故可以爲人師。若夫記問之學，則無得於心而所知有限，故學記譏其不足以爲人師，正與此意互相發也。」雖然朱熹把知識分爲「舊所聞」與「新所得」，强調的却是「學而時習之」，從中生發新的心得，也就是從詮釋舊典中得到新知。這個説法與朱熹在鵝湖之會以後，作詩唱和，寫給陸九淵的詩句，「舊學商量加邃密，新知涵養轉深沉」，异曲同工，是一個意思，萬變不離其宗，舊學與新知是同一個脈絡的知識學理。

然而，有些朱熹之前的經學家，解釋「温故知新」，却有不同的取嚮。皇侃論語義疏就説：「故，謂所學已得之事也。所學已得者則温尋之不使忘失，此是月無忘其所能也。新，謂即時所學新得者也。知新，謂日知其所亡也。若學能日知所亡，月無忘所能，此乃可爲人師也。」皇侃明確説到，「故」指的是過去所學的知識，而「新」則指的是新近學到的知識，新舊結合，相互發明，就可以「爲人師」了。邢昺論語注疏循着皇侃的思路，也説：「言舊所學得者，温尋使不忘，是温故也。素所未知，學使知之，是知新也。既温尋故者，又知新者，則可以爲人師也。」這裏講的「素所未知」，就不衹是研讀舊學，有了新的體會，從過去的傳統中發展出的「新知」，而是從來没聽過、没想過的新學問了。這種「素所未知」的新學問，結合「舊所聞」，對習以爲常的知識框架，就會産生巨大的衝擊，而出現飛躍性的結構變化。知識内容或許大體沿襲傳統，知識結構却得以重新整合，出現嶄新的認知系統，重新審視自己文化傳統的意義，打開文化傳承的新局面。二十世紀上半葉的漢學譯作，就發揮了這樣的作用，促使中國學者放棄自我中心的文化態度，從各種不同側面，探知中國歷史文化的光譜，以域外（或是全球）的角度觀測中國傳統，摇動了文化的萬花筒，看到七彩繽紛的中國。

嚴復在甲午戰爭之後，改良變法思想風起雲涌之時，開始大量翻譯西方思想經典著作，是有感於國人（特别是傳統文化孕育的知識精英）思維系統封閉，企圖介紹實證新知，引進邏輯思維的方法，以破除儒學之道「一以貫之」與「放之四海而皆準」的虚妄。他翻譯天演論，在序文中提到，有人歸納東西方學術思想，認爲中國文化重精神，是形而上之學，立意高超，而西方文化重物質，是形而下之學，衹追求功利的回報。他認爲，這種自以爲是的蒙昧態度，陷入傳統舊學的框囿而不自知，没有自我反思的能力，無法吸收「素所未知」的新知識，也就無法開展並弘揚自己的文化傳統。嚴復非常清楚他翻譯西方經典的目的，是爲了介紹新知，打破中國傳統思維的封閉性，但是，作爲披荆斬棘的拓荒人，他深知思想封閉者的頑固心理，必須因勢利導，以免遭到盲目衛道之士的攻訐。嚴復有其防身的策略，不會像許褚戰馬超那樣赤膊上陣，而是以桐城文章譯述赫胥黎、斯賓塞、穆勒、亞當·斯密、孟德斯鳩，博得晚清知識精英的贊許，文章深閎而傳入了新知義理。從文化變遷的角度而言，通過翻譯，以迂迴戰術來介紹西方思想，得到巨大的成功，産生了改變傳統思維體系的實效，是中國近代思想史上影響深遠的大事。以此類推，民國時期大量翻譯域外漢學的影響，也是不容忽視的思想史課題。

關於清末民初西方學術思維衝擊中國知識精英，顛覆傳統文化的知識結構，錢穆在現代中國學術論衡的序言中，從中國文化本位的立場，發出深刻的感慨，做了籠統的批評：「文化异，斯學術亦异。中國重和合，西方重分別。民國以來，中國學術界分門別類，務爲專家，與中國傳統通人通儒之學大相違异。循至返讀古籍，格不相入。此其影響將來學術之發展實大，不可不加以討論。」錢穆所指出的問題，是傳統知識體系强調「通」，文史哲不分家，最崇尚通儒，而現代學術講究專業分科，各司其職，以至於讀不通古籍呈現的整體性知識思維。姚名達在撰寫中國目録學史的時候，對西力東漸，西潮帶來的翻譯著作及新知新學，也有類似的感慨：「四部分類法，不合時代也，不僅現代爲然。自道光、咸豐允許西人入國通商傳教以來，繼以派生留學外國，於是東西洋洋籍逐年增多。學問翻新，迥出舊學之外。目録學界之思想不免爲之震蕩。」這種對學術體系發生重大變化的觀察，反映了中國學人從晚清一直到民國，夾在東西方兩種不同思維體系的衝突中，身歷其境的切身感受，因此感觸良多。

二十世紀上半葉最能代表中國學術的通儒是王國維與陳寅恪，他們浸潤了經史子集的四部知識傳統，承繼乾嘉篤實的考據學風，却都經過西洋邏輯思維與實證科學的洗禮，參與中國知識結構的轉型。對西方現代知識結構如何在中國生根發芽，不但再三致意，并且以自己的學術實踐來努力促成。王國維早在一九〇二年就寫信給張之洞，反對把經學列爲大學分科之首，而主張效法西方與日本的大學，設立哲學科，明確指出知識結構的分類不可因循傳統，而必須另起爐竈。陳寅恪在一九二五年就清華大學建制的問題，寫了吾國學術之現狀及清華之職責，指出大學的職責在於學術之獨立，而中國學術界的情況令人十分不滿，必須認真效法西方學術的體制及實踐。他說：「蓋今世治學以世界爲範圍，重在知彼，絕非閉門造車者比。」這兩位國學大師，對西方與日本的漢學研究十分注意，都是以開放態度對待域外漢學研究，集思廣益，以成其大家。

再回到「温故知新」的歷代經解，說說文化傳承的闡釋學意義。劉寶楠在論語正義中指出，上古之時，文化知識是上層統治精英的家學，不再治理實際政事的長者可以傳遞德行的知識，可以爲人師。「温故而知新」，就顯示長者不忘舊時所學，且能吸收新知，繼承并發揚這種學術與政治合一的傳統。到了孔子之時，時代出現了變化，士大夫不見得能够謹守家法，弘揚德行，也不一定能够「爲師」了。孔子之後，世變日亟，「道術爲天下裂」，文化知識不再爲少數統治精英所壟斷，也不必然與治理政事有關，學術在民間百花齊放，百家争鳴。但是，學術知識發展的脈絡基本未變，仍然是要温故知新，進德修業。從劉寶楠不經意的闡釋中，可以看到時代變遷影響了學術文化的内容，改變了知識結構的體系，但其内在發展的理路仍舊，還是需要舊學與新知的融合，才能有所發展。

劉寶楠還引述了劉逢禄的解釋：「故，古也。六經皆述古昔、稱先王者也。知新，謂通其大義，以斟酌後世之製作，漢初經師皆是也。」劉寶楠贊成這個説法，並指出，漢唐人解釋「知新」，大多數都沿用此意。也就是説，舊學是傳統的知識結構體系，新知是時代變化出現的新知識，必須相互斟酌，才能發揮得宜。至於如何對舊學「通其大義」，就見仁見智，各有説法了。從這個通達的詮釋來討論近代西學東漸的情況，我們可以看到，「温故而知新」在民國學人的心底，是産生「傳統」與「現代」糾葛的心理陷阱，不易跨越。若依照朱熹的説法，「學能時習舊聞而每有新得，則所學在我而其應不窮」，雖然在哲理上可以模模糊糊説通，但在清末民初的具體歷史環節，西學的新知屬於完全不同的知識體系，在原有的舊學脈絡中，根本無從立足，如何「其應不窮」？所以，真要放之四海而皆準，提升「温故而知新」的普世意義，以理解域外漢學譯著與近代學術知識體系變遷的文化史意義，我們認爲，皇侃、邢昺，一直到劉寶楠的闡釋，是比較合適，並與現代文化闡釋學的説法相近。

伽達默爾（Hans-Georg Gadamer）在他的名著真理與方法中，説到認知理性與文化傳統的關係，特別指出，人們通過理性，來判斷歷史文化中事實的真相，但是人的理性與生存環境息息相關，與傳統所衍生的豐富文化底藴有關，不可能完全超越文化傳統的思維脈絡。他認爲，人生活在文化傳統之中，就不可能「遺世獨立」，以全能超越的抽象思辨來認識傳統，甚至是批判或顛覆傳統。傳統是歷史文化延續與傳承的表徵，不會一成不變，而我們的認知理性也會因時代變遷，而不斷重新詮釋傳統。伽達默爾的闡釋學以西方文化傳統爲例，説明新知如何納入傳統，而使文化傳統生機不斷，生生不息，與中國歷代經學家的説法（朱熹除外），有异曲同工之效。以此觀照民國時期的漢學譯著，我們認爲，這批學術新知傳入中國，對中國文化傳統的繁衍與發展，實有承先啓後之功。

近代海外漢學名著叢刊的出版，最值得感謝的是南兆旭先生二十多年來搜羅的執着與努力。雖然這套叢刊不能窮盡民國時期的漢學譯著，但是，能滙集上百冊自一九四九年以來在國內不曾重印的學術著作，再度公之於世，總是功不唐捐的大功德。忝爲本叢刊的主編，我由對這批民國學術材料，先是感到紛雜無章，有些原作者的學術素養也難副當前的學術標準，甚爲猶豫。後轉念一想，這是上個世紀中國最紛亂時期的學術記録，也是民生凋敝，國勢隤危，内亂外患交加之際，仍有許多學者孜孜矻矻，戮力翻譯域外漢學，爲中國學術的傳承拓展新知的坦途，不禁肅然起敬，開始用心整理分類。掛一漏萬，在所難免，好在有學殖豐贍的靜友擔任分卷主編，並撰寫各分卷前言，實在是衷心銘感。有傅杰教授負責「歷史文化與社會經濟」、戴燕教授負責「古典文獻與語言文字」、霍巍教授負責「中外交通與邊疆史」，吾道不孤矣。在整理編輯過程中，周威先生費心最多，也是我要衷心感謝的。

道術之存亡，全在人心之嚮背。這批民國漢學譯著重新問世，對我們生長在承平之世的學人，應當有激勵的作用，爲學術研究多盡份力，讓中國學術發展更上一層樓。

鄭培凱

二〇一五年七月

前言

二十世紀三十年代是中國現代學術史上的一個黄金時期。從晚清的白話文運動，到白話文在民國初年被定爲現代國語，中國的語言也就是「漢語」本身便發生了一個很大的變化。在漢語的這一現代轉化過程中，「新文學」即白話文學、又或稱國語文學的异軍突起，又起到極爲重要的推進作用。因此，現代的漢語和文學，從一開始就如雙生子一樣關係密切，不可切分。

當然，白話文與白話文學的興起，原因不止一個，但不能否認的是，在漫長的從「邊緣」變爲「正統」的道路上，它們都受到過外來的語言和文學的刺激。這裏面既包括有現代漢語對「外來語」的吸納、新文學對外國文學的模仿，也包括了引入歐美日的方法，對漢語和文學加以研究。這個研究，還不單單是針對現代的漢語和文學，也針對古代的漢語和文學。

伴隨着漢語和文學自身的演變，而在語言學界及文學研究界發生的這些轉變，其實是中國學術在各個領域實現其現代轉型的一部分，也可以説是中國現代學術之建立的一個基礎。隨着對東洋、西洋從觀念到方法、從文獻到詮釋的全面開放，在一九三〇年前後，中國的語言學和文學研究也迎來了自己的黄金時代。

這個黄金時代出現的很多學術成果，都是當時中國學者在傳統學問的基石上，吸收外國的方法、結論得到的，如王力所説，那時的語言學，「始終是以學習西洋語言學爲目的」，文學研究也莫不如此。所以，要想説明這個學術上的黃金時代究竟是什麽樣的，又如何形成，勢必要對當時的國外漢學知其一二，尤其要對翻譯成中文出版的漢學書籍有一點瞭解。

語言學方面，自馬氏文通引入西方語法之後，在中國影響最大的恐怕就要數高本漢。從一九二七年的左傳真僞考及其他，到一九七二年的中國聲韻學大綱，他關於中國語言學的論著幾乎都有在中國（包括香港、臺灣）翻譯出版。據説早年間，在他的音韻學論文尚未譯成中文出版前，錢玄同就已經拿着其中幾頁，作上課的教材用。他的中國語言學研究的譯者賀昌群也曾説，在語言音韻學方面有所成就的學者，都是借高本漢之力。

文學方面，一個突出的現象是，日本漢學家的著作被翻譯出版最多。究其原因，大概是由於日本在歷史上受中國文化影響甚深，日本漢學家普遍有很好的漢學功底，到了明治維新以後，又先於中國接受歐美的思想、文化和學術，這兩方面的結合，促使日本漢學界産生出很多新的研究成果，其中就有像兒島獻吉郎、鈴木虎雄、本田成之、青木正兒、鹽谷温、梅澤和軒等人的著作。這些涉及中國古典文學、藝術、思想等領域的論述，兼有東西之長，比較容易爲中國學界理解和認同。因此，在現代中國的文學史、文學批評史、藝術史、哲學史等學科領域，日本的研究範式一度相當流行。

説到海外漢學的影響，還不得不提及海外漢學論著的翻譯出版，在二十世紀三十年代前後是又多又快，像成書於一九三二年的石田幹之助的歐人之漢學研究，一九三四年就有了中文譯本，就是典型的一例。這固然是由於當時的中國學界對於及時掌握海外漢學動嚮，有一種普遍的要求，可是不能忘記的是這些漢學論著的譯者，在這中間扮演了很重要的「驛騎」角色。

在這裏，也許不需要再去重復趙元任、羅常培、李方桂這一黃金組合翻譯高本漢中國音韻學研究的故事，不需要説明高本漢論著的大多翻譯者，如張世禄、賀昌群等，也都是很好的專業學者。就連最早的左傳真僞考及其他，也是經胡適推薦，由當年聲名鵲起的新鋭陸侃如、衛聚賢合作翻譯的。而在陸侃如看來，他們的譯介，就是爲了「東海西海互相印證」（譯跋）。

值得一説的，倒是譯過不少日本書籍、不限於漢學著作的孫俍工。孫俍工一九二四年赴日留學，他本來學的是德國文學，可是很快翻譯了鈴木虎雄的中國古代文藝論史、鹽谷温的中國文學概論講話、本田成之的中國經學史、兒島獻吉郎的中國文學通論，興趣完全轉到對中國古典的研究。他在各書的譯序中，談到過對中國衹有整理國故保存國故的口號，成績却不如日本的看法（中國古代文藝論史），談到過他要借翻譯來使人看到在被我們自己抛荒的文學園地裏，經别人代耕，而有怎樣一番禾黍芃芃的景象（中國文學概論講話），也談到過如本田成之對於孔子「别開途徑」的理解，可爲中國學者取法實多（中國經學史）。對中日學界當時情況的判斷，大概是他譯書的動機。據説他在一九二八年回國任教後，短短幾年就編出幾百萬字的書來，其中像中國文藝辭典、世界文學家列傳、中國語法講義等，有人説都涉嫌抄襲日人（彭燕郊那代人·關於孫俍工）。這也大可説明他心目中的日本學術，不光是漢學，何等優越。當然，他翻譯鈴木虎雄、鹽谷温的著作，按趙景深的説法，還是「對於中國文學的貢獻頗大」（文壇憶舊·文人印象·孫俍工）。

另外一位翻譯日文書極其勤奮的是王古魯。王古魯一九一〇年赴日讀的本來是英文系，一九二六年回國後也教過英文，但是他翻譯過的日本書籍，題材廣泛而雜駁，涉及小説與經史之學、語言文學、民族和對外關係，既有論述，也不乏考據。由於他對日本學界的追踪，與他對中日關係的觀察是聯繫在一起的，因此，他在一九三一年翻譯的田中萃一郎西人研究中國學術之沿革、一九三四年編譯的傅斯年等編著東北史綱在日本所生之反響、一九三六年編寫的最近日人研究中國學術之一斑，都在中國學界引起過强烈的反響。在他翻譯的文學論著中，最有名的恐怕就是青木正兒的中國近世戲曲史。吴梅早已表揚過他在翻譯中表現出的專業態度，即對青木正兒引書「無不一一檢校」，故「可爲青木之諍友」（序）。一九五六年他寫信給青木正兒，又説此書不僅獲得「我國各方面極爲重視」，還作爲「中文本」，與王國維宋元戲曲考等六種，入選蘇聯大百科全書的「中國戲曲」條目，説明譯作本身成了經典。而這一次的翻譯，大概也爲他後來到日本搜集古本小説、戲曲，最後成爲造詣頗深的中國文學史研究專家做了很好的鋪墊。

中國現代學術史也應該銘記這些譯者的功勞。

戴　燕

二〇一五年六月八日於復旦

作者簡介

著者

井坂錦江，資料不詳。

譯者

孫世瀚，資料不詳。

水滸傳新考證（目次）

緒言……一
著者與著者年代——時代描寫——宣和遺事——梁山泊與宋江故事——南宋義軍——史記列傳與水滸傳——著作動機
第一章　政治……一〇
北宋興廢——中央官制與政務——地方官制——科舉與胥吏——政情，官權，吏風——官賊一黨——以夷制夷政策——顯官末路
第二章　思想……二五
天的思想——革命思想——忠義的意義——國家及君主觀念——中華外夷思想——運命觀——風水及其他民間信仰——傳說——詩人思想
第三章　宗教……四四

概言——神仙說——道教，道觀——佛教，寺院——寺制——俗神——方術

第四章　社會……五六

社會平等觀念——家族制度——氏族村落——親族觀念——義兄弟——使用人，人身賣買——里正，社長——覇——賭博場——戲院——妓女，遊廓，閒人——聚落，都城

第五章　習俗……六六

婚事——葬儀——慶祝——儀禮——年中行事——遊伎——蹴踘——刺青——食人肉風習——匪賊——動作

第六章　性情……八〇

代表三人物——存心，親心——友誼，夫婦愛——貞節，淫奔——女傑——面皮，氣——滑稽——巧智——不可解性格——正義觀念，勇敢性——金錢慾

第七章　學藝……九六
三教九流——詩文，詞曲——文字——書信——文字遊戲——歌謠，音樂——言語——謎，諺
第八章　衣食住　附醫藥……一〇六
（衣）高貴衣服，官服，普通服——綿——道服——女人服飾，化粧——（食）穀物，麵製品——肉類，魚類——蔬菜——酒，茶，調味料——食器飲器——（住）城市，官衙——商家，酒樓——莊院——設備，寢具——燈火，沐浴——庭園，築山——工藝品——（醫藥）治療，醫師，藥品——毒藥，解毒劑
第九章　經　濟……一二三
農業——商工業——交易市場——密商，私鹽——漁業——海外通商——行商——車馬——船舶——貨幣——金，銀——質舖

第十章　法　律……………………………一三一
法制思想——裁判制度——杖刑，流刑——鄰保責任——死刑，刑場——牢獄生活——逮捕，大赦——私刑
第十一章　武藝　附軍事……………………一四一
武藝十八般——武器——礮，火砲——甲冑——比武——戰術——陣容——水軍——軍制——兵士——女兵——軍馬
第十二章　植物、動物……………………一六〇
樹木，花卉——禽類——獸類——虫類
（附錄）
水滸傳梗概……………………………一六五
——從發端至百二十回全編——

緒言

水滸傳是中國通俗文學中傑作。對於時代的思想風俗及其他種種社會狀態，描寫得很詳盡，在研究中國民族上，實在是罕有的好資料。

關於水滸傳著者，從來有諸說。上海商務印書館發行的辭源上：

「元施耐菴編，七十四回以後則明人羅貫中所續也。或亦有謂本出南宋人筆，施序乃金聖歎所僞撰者。按莊岳委談云，施某嘗入市肆抽閱故書，於敝楮中得宋張叔夜擒賊招語一通，備悉一百八人所由起，因潤色以成此編，癸辛雜識亦備載三十六天罡名號，與此書大同小異。則事跡自有所本，非憑空結撰也。張叔夜擒宋江事，見宋史本傳」

胡適氏對於上說不加可否他的意見是：

「水滸故事，從南宋初年起便流布着。又宣和遺事認爲出之於南宋人之筆，因元代文藝技術幼稚，難以出此名著，無論如何，此著作始於明初，最初是百回本，似爲羅貫中所書。這還是極幼稚的東西。後至明之中葉，弘治正德時代日改訂前之百回本爲七十回本(發端共七十一回)。這人約爲施耐菴所作，明末金聖歎加以批評，就是與今日最多流布者同一的東西。明之嘉靖年間，有郭勛在這七十回本上加上前百回本之後半的一部分，除征伐田虎王慶之部分外，作成新百回本。這叫做郭本，就是萬曆年間李卓吾加批的忠義水滸傳，亦是百二十回本」與辭源之說似有相當不同。

編者在蒐錄本本傳中資料的時節，往往接上「這句話是宋代使用的」，或「這事情在宋代實行」了等文句。其一例在第七回「宋時公人——役人稱爲端公」，「宋時流刑者在顏面刺青捺金印」，「宋時這些流刑者與其護送者宿店之際，有不取店錢之習例」等，一一下以註解。

關於這些事情，作者在本傳記事中儘可能努力表現是近於北宋時代。與此同時，這作品又不是北宋時代的，從此或足證明由南宋以後而整頓的東西。

胡適氏既把水滸傳粉本認爲是宣和遺事，同時許多文士也承認本傳是宅構成的，所以就難斷定沒有元代人文筆在裡邊。事實上，北宋末期是金之侵入中國時代，與元代蒙古朝廷之時代情勢頗相似，又辭源所說作者爲元之施耐菴，謂係錢塘人，又云是杭州產，又地理知識也是黃河以北，因加減之處很多，以故最初執筆者似爲南宋遺臣在元代而執筆的。以後復經幾人之手削添，纔成今日的水滸傳。胡適氏對於這時代也認爲沒有成本之水滸故事，僅有話的存在，他說的流布於民間的理由，陳述如左。

「南宋時代中原地方爲遼金異族所占據，漢族苦於其壓迫，又加自國也是官界腐敗與呻吟惡政的時代，自然對此等憤懣咀咒，所以纔憧憬英雄豪傑的出現。」

然而元代的漢族，南宋當時的金之占據中原，全國都置在異族的壓迫與支配下，是以纔有這種著作出世的可能性，直至明代，他們的國土完全經他們之手克服後，這種意味的著述自然失去它的必要性。

迄今視爲原本之宣和遺事內容，從宮原民平氏著「中國的口語文學」而刊出，全編由十段構成。

第一段歷代帝王淫逸亂國事情。

第二段王安石新法禍天下事情。

第三段王安石引蔡京於朝廷，乃至童貫等在邊境率軍事情。

第四段梁山泊宋江等結束事情。

第五段徽宗皇帝幸寵妓李師師家，曹轉諫之及張天覺隱其家事情。

第六段道士林靈素事情。

第七段京師年始年末熱鬧事情。

第八段金人進攻與京城陷落事情。

第九段徽宗欽宗二帝爲金之囚人，護送北方幽閉異域崩殂事情。

第十段高宗依秦檜意見定都於臨安事情。

加上宋史的史實，並有宋人孟元老著的東京夢華錄記事等混淆其中。關於第四段宋江結合梁山泊記事的內容，從胡適氏水滸傳考證觀之，楊志誤送花石綱，放浪街頭出賣傳家寶劍，與無賴漢相爭，怒而斬之，判爲流罪（水滸傳一一回），北京留守司梁中書，爲祝蔡太師誕生，送禮十萬貫，晁蓋等用麻藥掠奪之（同一五回），生辰綱案發覺爲晁蓋等所爲，當時鄆城縣押司宋江通報彼等使其逃走，於是彼等入梁山泊爲盜（同一七回）。晁蓋感宋江恩義，遣劉唐贈金，此事竟被宋江之妾閻婆惜知道，故殺之而逃（同二〇回），宋江遭追捕藏身於九天玄女廟，神靈授天書（同四一回），朝廷發出招安詔書，張叔夜親赴勸降，後使彼等征討大遼，田虎，王慶及方臘（同八一回以降），其中有不少的不同之點，水滸傳百八人在這里爲三十六人，但在大体上是一致的。宣和遺事既是屬於史實的，所以粉本的水滸傳，它的內容也是本於史實，其中雖多傳說說話交織着，大概仍是牽強附會的劇作吧，以下是從宋史及其他來檢討之。

梁山泊是在黃河南流之山東省東平，壽張，鄆城的接境，梁山原名叫良山，該山之命名，係因梁孝王曾行獵於此，周圍二十餘華里，中心時常大氾濫，故從唐末起南流，餘水會淮河而入海。據辭源，

「梁山泊——即古鉅野澤，下流汶濟二水，會於成濼，宋時決河滙入其中，綿亘數百里，後大河南徙，歲久塡淤，遂成平陸」

這所說的草澤地方，最適於匪賊等盤踞，例如本傳阮氏兄弟，早就以半漁半盜出沒，宋史業有記載，神宗哲宗時代且屢行討伐。其他續資治通鑑等，也載有當時除梁山泊以外地方盜賊蜂起的事情，如徽宗末期宣和年代，元年京東東路(青州府地方)，二年江西，廣東兩界與兩浙，方臘叛亂，三年方臘平，宋江起於京東，六年河北山東有高託山，張萬仙，張迪等作亂，多者三十萬，少則五萬，與朝廷爲敵，七年招安張壽仙等五萬及山東賈進等十萬人，都授與官級等。

前述中之宋江在宋史二十二徽宗本紀。

「淮南盜宋江等犯淮陽軍，遣將討捕，又犯東京，江北，入楚（由安徽省壽縣至淮南地方）海州(江蘇東海縣)，命知州張叔夜招降之」

又宋史三百五十一侯蒙傳：

「宋江寇京東，侯蒙上書言，江以三十六人橫行齊魏，官軍數萬無敢抗者，其才必過人，今清溪盜起，不若赦江，使討方臘即自贖」

在這以外，同宋史三百五十三張叔夜傳，載有探知宋江等分乘巨船襲海州，以奇兵焚之，擒其割頭，故宋江投降。本傳亦有張叔夜赴梁山泊果成歸順招安勅命(七四回)。又胡適氏本傳考證中，上載周密癸辛雜識，舉出引用宋末遺民龔聖與宋江等三十六人畫贊的文句等

一、南宋民間有一種宋江故事流行於街談巷語中。

二、此種故事傳寫，雖士大夫亦不見黜。

三、龔聖與少年時壯其人，欲存之畫贊。

從這來看，宋江是一個眞正實在的人物，天罡星三十六人之豪傑，也不是架空的，且他們的才能都優於官軍，這也是事實，又他們的人物性格，落草爲寇很是可惜，於是乃構想朝廷招安令其歸順以供國家之用等，與水滸傳記事恰相符合。不過說宋江不是以梁山泊爲根據，是在南方的淮南崛起，宋江歸順後征伐方臘，與在史實上是童貫往前平定的不同，後者似爲作者從前記侯蒙上奏而獲得了根據。

宋江降服後到底如何辦理了呢，似如張萬仙賈進之招安一樣，一時授與官級而優待之，到末期之水滸傳宋江最後是死於非命，不過在宋史中以後他的消息確已杳然斷絕，所以纔這樣的想像。

宋都南遷後，中原是怎樣的狀態，便是直至現在的代替草賊的義軍蜂起。食貨半月刊第三期黃硯璠稿，陶希聖增補「北宋亡後北方的義軍」一文，就是對於這些事情的說明，據他說：

「建炎元年，河北河東忠義之士結集義軍抗金。同二年天子詔嘉賞之，授以節鉞」這些義軍，多爲太行山脈，五馬山(河北省元氏縣)等人氏，都沒有山砦，所以多的數萬至少也不下一萬，就所謂的英雄豪傑，仰為山寨頭領。然本文筆者評之謂「此義軍由資產家觀之，畢竟是一盜賊」

從這觀之，構成這個義軍的還是梁山泊式，不過對方因為是金的異族，不消說也是具有敵愾心，憎惡心，同時安寧秩序混亂地方的口實，他們也是難以脫開的，所以他們越大肆活動，則本來的匪賊性發揮的也越大，即所謂的他們最得意的時代。

這樣的中國社會產物之一的匪賊，恰與以後在思想篇陳述的，與革命思想具有共同性，研究中國民族之際，以其與直至現代的遺存踏襲份子有不少的關係，務須十分注意。

同時這部小說，不難想像是產出後世許多水滸傳式人物及梁山泊的生活極大之母体。事實如前清時代發生之無數教匪，祕密結社，無論從任何方面觀察，總帶有大同小異之梁山泊式的傾向。就中如光緒三十年為哥老會一系在湖南蜂起的馬福益同仇會，幹部組織便是三十六正龍頭，七十二副龍頭，這與梁山泊之三十六天罡星及七十二地煞星，共計百零八的組織相同。

水滸傳正如胡適氏所言，是感情的思想的產物，同時也是最忠誠描寫當時社會現象之寫真小說。因為只是小說，所以不得否認它的誇張，但是又不是全然架空虛構的。尤其是戰爭之事，似與實情相背，又道術幻術等，也多參加些傳說的東西，其他則頗富於實在性。

不過應該注意的，正如前述，著者們得承認是用力描寫北宋時代的事實，但所謂之宣和遺事時代，水滸傳完成之明朝中葉，中間的確是歷四百年的歲月，所以除政治法制的機構等外，無論在思想，社會，習俗上的記載，都是無意識的混淆後代的事象。

另一方面水滸傳表現的這些思想，社會，習俗等，從此民族四千年以來傳襲來的東西有相當存在着也是事實。

其例証如金聖歎評語中

「水滸傳方法，取之於史記，反有許多勝於史記處」

他所謂的與史記近似性，便是遊俠列傳，這不消說不是指水滸傳的全部而言，但是以其一部爲淵源却難加否認。該傳的冐頭便說：

「韓子曰，儒以文亂法，而俠以武犯禁」俠與儒相對，可知爲中國二大思想之一，頗值注目。又謂遊俠的特長：

「今遊俠其行，雖不規於正義，然其言必信，其行必果，已諾必誠，不愛其軀，赴士之阨困，既已存亡生死矣，而不矜其能，羞伐其德」

這些言辭仍然不改，就是水滸傳中橫溢的好漢精神，義士思想。又列傳中的人物及行動有不少的共同性，越發証明屬實。

又在同樣的金聖歎評語中：

「施耐庵本無一肚皮宿怨要發揮出來，只是飽煖無事，又値心閒，不免伸紙弄筆，尋個題目寫出自家許多錦心繡口，故其是非皆不謬於聖人，胡適氏在水滸傳考證予以反駁：」

「倘這樣人物存在時，只能做八股，做死文章，決不肯來做水滸傳。水滸故事乃是四百年來的老百姓——人民與文人發揮一肚皮宿怨的地方。」

編者認爲這兩說，無論那一方面都有理，從這裡邊可以指出作者思想有儒教的王道主義與社會主義的民生觀念混在。那不消說也是中國傳來之思想的特色。因此，限於可能，虛心坦懷，漁獵本傳中的資料，藉爲研究中國及中國人之一助。

附記

本稿以金聖歎七十回本之上海廣益書局刋行的繡像仿宋完整本水滸傳演義，上海亞東圖書館發行的汪原放新式標點符號水滸，及日本所傳之岡本璞氏譯本的通俗忠義水滸傳百回本，加上丟甩山人拾遺二十回的百二十回完本作根據的。

第一章 政治

本傳的楔子寫宋太祖是這樣的情彩而出世的「柴世宗讓位於創立宋朝的趙檢點，以一條桿棒把四百餘州收其掌中，眞是一個智勇雙全度量寬大古來罕有的大英雄。」這趙檢點名叫匡胤，檢點卽是侍衛禁軍的首領受後周讓位而樹立宋朝。其後周的末裔「龍子龍孫」（五一回）居在滄州城外爲一豪族，就是百八人中之一人的柴進，書中這樣的寫着（八回）。

「他是大周柴世宗子孫，自陳橋讓位，太祖武德皇帝，敕賜與他誓書鐵劵在家，無人敢欺負他。」

關於陳橋讓位事，據宋史太祖紀

「周恭帝七年，北漢結契丹入寇，命出師禦之，宿陳橋驛，夜五鼓軍士集驛門，諸軍無主，願策太尉爲天子，未及答，以黃衣加太祖身，衆降羅拜呼萬歲」

據陳登原氏的「中國文化史」，唐末以降武人跋扈，且武人之權漸次下移，士卒皆擁立節度使，進而實行廢止天子，降至宋太祖，也是被彼等所擁立的。

經太宗，眞宗，仁宗皇帝治世最久，在位實達四十二年，天下泰平，五穀豊饒，所謂之「路不拾遺，夜不閉戶」的時代。這所謂的世稱慶歷治世，當時歌詠泰平的名儒邵康節——確是一位實在人物——他的詠詩在楔子上便云

「紛紛五代亂離間，一旦雲開復見天　　草木百年新雨露，車書萬里舊江山
尋常巷陌陳羅綺，幾處樓台奏管絃　　天下太平無事日，鶯花無限日高眠」

仁宗之後經神宗，哲宗治世也是稀見之太平靜謐時代，稱元祐之治。哲宗崩後無子。

「文武百官冊立皇弟端王」。

便是徽宗皇帝，共一代僅二十年。傳中描寫的人物，也以皇帝爲始，蔡京太師是當時的宰相，威勢無比，擁年少的新帝，鼓吹新法，與舊法黨間繼續的激烈爭勢，朝政極度紊亂。一方皇帝也徒知奢侈，與無用的土木，糜費國帑，復崇道敎，如親爲道士，置國政於不顧。一方外敵之遼稍弱，以夷制夷政策失敗，遂有新興金國侵入，招來有名的靖康之變，徽宗，欽宗及宗敎被捉，竟在北滿五國城的邊境，寂寞的畢其一生，造成中國歷史上最悲慘而終末的劇的一時代。

在觀察水滸傳所表現的當時政情前，暫略記宋代的官制。據服部宇之吉博士之「中國研究」中「中國官制沿革一斑」，「宰相官猶如由唐制尚書，中書，門下之三省而成，(一)尚書省總理行政事務，且奉王命而行之。(二)中書省對於尚書省等文書的指令，關於國務以天子之意而担任起草頒發之命令。(三)門下省，担任審查中任省起草者或天子

直接所下之命令。即經門下省審查應行的事情，上奉中書省，由尚書省發下，尚書省便是任執行之責，於是政務分屬三省，總合三省長官而任宰相」

水滸傳沒有尚書省，僅有其分掌的都省(五八回)及六部之內刑部(二六回)名目，其他有叫禮儀司(八一回)認爲不過爲禮部的一司，這在職官志上便是禮儀局。又門下省僅有附屬於此的諫議大夫。水滸傳上所載的諫議大夫趙鼎從此時起至南宋止即居此職，後與秦檜不合被貶，實實在在的有這樣一個人物(六六回)中書省似爲地方官更迭與地方重大事件報告的地方(一九回，五八回)這與前記官制不同，此同中書門下平章事，略稱平同章事，實際上似指示執行宰相職務。其副有所謂的參治政事的執政，執掌一切政務，以故前三省長官乃爲國家的公人，此同平章事及參治政事竟爲天子私人的性質。因爲不願把大權委任於公人，此節，限於沒有明君賢王，政治實難期嚴正。

本傳的宰相之名是發端於叫做趙哲之人而出現的，這在宋代官職中還沒有看見。蔡太師即蔡京，在緒言中業曾提及，是徽宗時代最有威勢的宰相，職名沒有寫出，其官衙是太師府。按太師爲太師太傅，太保之一，是最高的官名。以下爲參政，又參知政事寫出文彥博，范仲淹。都是實在的人物，但都的徽宗皇帝以前的故人。此種例子其外還有，時代與史職絕對不與史實一致，這也是做小說話本不得已的情勢。

軍事最高機關是樞密院(一一〇回，五三回)。等據宋官職官志是「掌軍國機務，兵防，邊備，戎馬政令」。此長官即是樞密使。書中爲武曲星變身在仁宗時代征西夏國大元帥的狄青，便是實在的人物，其事績也與歷史相符，那就是這個樞密使。大元帥謂之天下兵馬大元帥，唐宋都設置，多以王族任之，所以狄青補而不就。

宮中叫做殿帥府（一回）。這與職官志之殿前司（發端）或殿司（五八回）等同爲禁衛官置，所以洪信是提點殿前太尉（發端），高俅是殿帥府太尉（一回），宿元景是殿司太尉（五六回），陳宗善是殿前太尉（七四回），這些都是同樣的職銜。又有名名段常的步兵太尉（六二回）。這些人之中高俅是實在的人物，職官志上也載，徽宗時代並且在職中，後任節度使。所謂的太尉即是三師之太尉，司徒，司空之一，到唐代爲三公之下的官名，在宋代是居於太師的次位。殿帥府，殿前司，其下有都指揮使，兵馬指揮使（五三，九八回），都虞候（六回）等。又禁衛軍（一〇回）是職官志的禁衛親軍。其中有衛將，都軍，教軍，教頭，牌軍等。

又有掌天子詔勅起草的翰林學士（發端），又有叫做侍御史（九八回）御史大夫（七四回）之行政監督官。又宮中司膳官叫做光祿寺（七四回）。

政務是在仁宗時代，因瘟疫猖獗已極，朝廷就此方策而評議之（發端）。

「文武百官商議，都向待漏院中聚會，伺候早朝。五更三點，天子駕坐紫宸殿，受百官朝賀已畢。當有殿頭官喝道，有事出班早奏，無事捲簾退朝，只見班部叢中，宰相趙哲，參政文彥博，出班奏道……」

又徽宗時代，高唐州曾陷於宋江軍，其官員至京師向高太尉報告，大驚，上奏天子，派遣官軍(五三回)

「次日五更，在待漏院中，專等景陽鐘響，百官各具公服，直臨丹墀，伺候朝見，當日五更三點，道君皇帝陞殿，淨鞭三下響，文武兩班齊，天子駕坐，殿頭官喝道，有事出班啓奏，……高太尉上奏，賊勢猖獗之事，伏乞聖斷等，天子聞奏大驚，隨即降下聖旨，就委高太尉前去剿捕……」

這「待漏院」是伺候地方，在這里所謂的「漏刻」是昔時宮中使用的水鐘錶，「五更」即是午前四時。所謂「三點」便是景陽樓之鐘敲打三下。

從此觀之，這時代的重要問題，百官在天子之前可直接上奏，得其裁可，很是進步的。再蔡京太師宰相，又當別論，本傳最活躍的高太尉，宿太尉等，同爲殿帥府即禁衛軍的長官，以外的行政官殆沒顯出。此時代是宮內官權勢恣橫的，由於這此事實觀之，很是符合。

次就地方官制來看，據重野博士河田氏共著之「中國疆域沿革略說」宋末全國有：

二十五路，四京，三十府，二百五十四州

六十三軍監，千二百三十四縣

戶數，二千八十八萬二千二百五十八戶

人口，四千六百七十三萬四千七百八十四人（這人口過於寡少，一戶似按五人計算）。路有中央直屬之都轉運使及轉運使，任一路之租稅徵收，赴京師之輸送等，然書中並沒見到。民治置有經略安撫使（二回）或安撫使，其下有軍官兼警吏之提轄（二回）。四京爲東京（開封）西京（洛陽）南京（歸德）北京（大名）各置留守司（一〇回）。這所謂的留守官，是地方官最高等的，故由親王大臣任命，其職務執掌錢穀民兵之政，其役人並有文官，本書舉出牌軍，尉司捕盜，巡捕都頭（一〇回）等。

府州置知某府事，權知某州軍，這是掌軍民兩治。仁宗時開封府府主（發端）乃爲知府令名極高的包拯，以龍圖閣大學士（同上）所謂侍制的而爲天子侍從顧問，地方之知府（一一，五一，五三回）等也稱府尹。不叫知州之名。其他軍事專門官有兵馬總督（三三，九回）兵馬都監（三〇，一〇三回）兵馬都總（九八回）等，這都是同一的官銜。又知府知州之下役謂通判（三八回），朝臣，共治政務，分權執掌。並有叫做推官（五八回）之屬僚及捕盜巡檢，又有巡簡（一八回），孔目（一九回）幹辨（三九回）等。

縣在縣知縣（一九回）之下，有押司（一九回）機密（二二回）貼書（一九回）承局（一九回）等小役人。各州有牢城（八，二七回）收容叫做配軍（一回）之流刑者，有担當邊防戎役的役所，有管營（八，二六回等）差撥（同上）節級，（同上）禁子（同上）押牢（同上）等。又軍事上必要地點有寨或砦，知寨置文武兩官。

以上是大體的官制，此外在陳州，[illegible]州等地有叫做團練使的（五四回）。這是直至唐代的制度，宋時只是虛銜，乃名譽官民。節度使也同，唐代雖係重要地方官，惟釀成藩鎮之弊乃廢止，僅爲名譽官。高俅之外，童貫等亦是。然這名稱在本書中沒露出。僅有叫做節制留後之代理官改稱的承宣使（九八回）之官名。

於是乃懲罰了君代藩鎮之弊極力於中央集權使天下州縣爲朝廷直屬，警備邊防也派遣首都禁軍，中央確較唐代强力，同時因尚文卑武政策國防邊境極弱化，遂致外夷侵入而至敗亡。

關於這時代的官吏，據加藤繁氏之「中國社會」上說：

「科舉盛行，眞正以仕升進的便是宋代……歷代隔一年或隔二三年舉試，進士及其他者，少則二三百人，多則千人，其中俊才輩出……但在這同時亦實行資蔭之制」

這資蔭在該書解釋唐代記事：

「資蔭也稱門蔭，即是對高官之子授與高官之制度，一品之子可授與正七品以上之官」又此外

「多年胥吏，依其勞苦可爲正官等，就是由白丁立身的，每年也能達科目出身的十倍」。

胥吏正如辭源所謂的「庶人之官」，不是科擧出身。

科擧是立身最捷之徑，無論有無世族門閥，若能使用金錢運動，或未經多年小役人的生活，倘能及第時，一躍便可聲價十倍，所以世人對於科擧一節，如瘋狂一般的活躍，反之，因爲未及第的，自暴自棄的有之，加入山寨爲匪的而謀反的有之，建立太平天國的長髮賊首謀洪秀全，就是其中的一個代表者。

本傳中雖然沒有描寫考試的場面，惟在林冲罵梁山泊最初頭領王倫時有「落茅窮儒」(一八回)其他在陳述黃門山結寨後入梁山泊的蔣敬來歷：

「原是落科擧子出身，科擧不第，棄文就武頗有謀略」(四〇回)

本傳作者施耐菴，羅貫中，雖有種種傳說，但都是科擧落茅的文藝之士，因吐露不遇的鬱憤特意隱匿本名使用假名。

又武官也實行考試。這叫做武擧，本傳中也有應過武擧出身的百勝將韓滔。(五四回)

本傳中的役人，也有恃父親的威光與夫人或姊妹緣故而補任的。如蔡京第九子蔡得章之江州知府(三八回)，其婿梁中書之大名府留守司(一五回)個人妹妹爲徽宗皇帝之妃的慕容青州知府(三二回)高俅之弟高廉的高唐州知府(五三回)等，又因師匠門下關係而任命的，有蔡太師門人之華州賀太守(五七回)，童貫弟子之東平府知府程萬里(六八回)這些人們並都任命在富裕的土地，江州是魚米利多之處，大名府每年爲祝其岳父誕辰特贈金銀拾萬貫，所以纔有晁蓋等大言為「不義之財，取之何妨」。又東平府也是好缺，又蔡江州知府對寵幸的在閒通判黃文炳有這樣的言辭「早早陞授富貴城池，去享榮華」，（三八回）。

藉先輩之光的也有。如花榮雖有實力，惟主要的還是功臣之子的緣故，而為清風寨的武官知寨（三二回）。秦明祖先也是軍官出身（三三回）。第一回征伐梁山泊的呼延灼，是開國功臣河東名將呼延贊的嫡孫（五三回）。其部將彭玘，也是累代將門之子。關羽末孫關勝，差使一手靑龍偃月刀，有萬夫不當之勇，仍是恃祖先餘蔭而陞為上將（六二回）。

用錢買官位的事情很盛行，陽穀縣知縣就任後二年有半搜羅相當多額金銀，寄托在東京親戚家以備他日陞官之助，並命武松輸送（二三回）又倘蒙天子寵愛時，無論有無能力是否卑賤，立刻得陞為高官。高俅是一個破落戶，因為他是個蹴球名手一躍而陞為殿帥府太尉榮職（二回）等，對於這些史實或認為沒有也不一定，惟宋史職官志上這樣事實也很多，如「哲宗徽宗之世，官規紊亂已極……承受走馬的馬丁小使之徒及黃冠道流之道士，也居高位顯職」。童貫便是宦官，竟陞至太師，二十年間的長時間，常握兵馬大權。

胥吏出身的，有本傳中心人物宋江。即是下級官吏的鄆城縣押司「精通刀筆，熟習吏道」（一七回）。他曾個人卑下的說過是小吏，後為梁山首領，對方也曾罵他為「小吏出身。什麽東西」。事實上來說，地方官衙的實務與實權也掌握於胥吏手裡。因爲當時的胥吏商工未有此權，只容許農民，與宋江出身農家恰相符合。

次觀當時的政情，官軍單廷珪投降梁山泊，對同僚魏定國道

「朝廷不明，天下大亂，天子昏昧，奸臣弄權」

(六六回)當時政情，從他的幾句話中道盡。

所謂朝廷不明，天子昏昧，雖是徽宗時代，但徽宗决不是胡塗的黃帝，不過年紀太青，如傳他是一個繪畫名手，有藝術家的派頭，他平日行爲，似很浪漫，寵愛東京名妓李師々及趙元奴等，屢次微行秦樓，水滸傳記事(七一回)是根據如夢錄的事實，待在院街與禁中之間沒有地下道

李師々對皇帝直言道

「陛下雖賢明，惟居在九重之上故不知民間事，今朝廷奸臣當道，說佞者振權力，擅塞賢路，下情難上達(八〇)

事實上最初討伐梁山泊的童貫，因敗北失去人馬，上奏朝廷因炎著罹災致死，又其後高俅也被打敗，曾爲俘虜，也僞奏因罹風病不得已撤退，這是一處描寫「奸臣弄權」之事，可知宋末之朝廷的勢微了。

在這時代的施政，只能限於水滸傳所表現的，若說起保境安民最敏捷的方法時，殆是

討伐匪賊，其他什麼也沒見到。站在役人的立場，有智深罵華州賀太守之言，已不能成爲「民衆父母」（五八回）僅能在疫癘流行時，或向全國公布大赦令，或實行租稅賦課之免除減輕，或調劑藥方，或赴寺觀祈禱等，（發端），不能謂之施政。

所以許多官吏，對治安上問題，持不問主義，瓦官寺被惡徒占據，地方官吏知而裝不知（五回）張青火燒光明寺殺僧侶，也沒對頭，官家不問，（一一六回）大名府王太守在這些官吏中，也被描寫得一個「善懦之人」（一一六回）

像這樣風氣的地方官之微力，薄弱已極，故山寨强盜等，並沒放在眼中，少華山山寨食粮不足便去襲華陰縣（一回）。又梁山泊等，錢粮不足時，即向官府送「借錢粮」的書翰，如果不理時，繼而便是襲擊。宋江捕東平府官將董平對他說道

「敝寨缺少糧食，特來東平府借糧，別無他意」

興趣十足（六八回）

結局這時代的政治，由本傳中觀之，苛斂誅求也不少，僅就司法刑罰言之時，前者之例頗多，其中最特色的，宋江軍攻高唐州時，林冲指高知府罵道

「害民的强盜」

（五一回）。又清風寨武知官花榮對宋江言說清風寨文官知寨劉高貪贓賣法情形

「這廝自從到任，只把鄉間些少上戶詐騙，朝廷法度，無所不壞，又其婆娘極不賢，

只是調撥他丈夫，行不仁的事，殘害良民，貪圖賄賂」（三二回）

「無中生有，以官力報私仇，花言巧語，煽惑軍心」（三三回）

又說青州慕容知府道

「橫行青州，殘害良民，欺罔僚友，無所不爲」（三二回）

官吏的親戚，時常爲人民之苦。柴進的叔父柴皇城花園，高唐州知府義弟殷天錫擬無理占領，叔父憂悶病死。柴進服喪，曾與殷天錫理論。（五一回）

軍兵討伐時，掠奪較戰鬪還精神十足，吳用對石碣村阮小五詢問爲何官府對梁山泊之事置諸不顧之問答：

「如今那官司，一處處動揮，便害百姓，但一聲下鄉村來，倒先把好百姓家養的猪，羊，鷄，鵝，盡都吃了，又要盤纏打發他，……若是那上司官員差他們緝捕人來，都嚇得屎尿齊流。……我雖然不打得大魚，也省了若干科差」（一四回）。

又對宋江之官軍，西京城人民謳歌「不盜鷄不殺犬」（一〇八回）

本傳中有「公人見錢如蠅見血」「不食貓腥之譬如，罵盡官吏的惡行。本傳中以正義清廉知名的宿元景太尉，也曾在西嶽受宋江金銀一盤（五八回）又梁山泊解散時，一度斷絕了山寨贈物，但結局仍受領之（八一回）。只有濟州知府張叔夜：是實在的人物，使宋江降服的事蹟，緒言已經陳述……這也是固辭不受梁山泊的贈品，强行進之時，謂係先暫爲存置，這便是唯一的潔白之例(八一回)。

昨爲役人或軍官，因爲失敗而加入匪羣的很多。宋江，秦明，盧俊義，其他朱仝，雷横，彭玘，凌振等，在梁山泊百八人中，像這樣的人有二十人以上。最甚的有與梁山泊軍戰而爲俘虜的，藉爲救命之禮而作匪軍內應也有不少。其例如東平府兵馬都監董平，趁宋江軍追趕之時，與手兵歸陣，大開城門，使敵軍闖入，鏖殺程太守及一家。(六八回)。又呼延灼對青州慕容知府倒戈，也是一樣。所以官匪之別僅有隔一層紙之差。又中國社會特種的存在之地方豪族，爲傳統的尊重之標的，(關於此節可參照以後之社會章)府縣下役官吏等，欺瞞上官之目，款通這些土豪。

鄆城縣小吏之宋江，濟州下逮捕令，東溪村里正晁蓋知之(一七回)命殺人兇犯宋江逃往滄州豪族柴進之家。

「或殺了朝廷的役人，或劫了府庫財物，或做下十惡大罪，既到敝莊，俱不用憂心。不是柴進誇口，任他捕盜官軍，不敢正眼兒覷着小莊。」(二二回)

此外在宋江赴梁山泊的途中，接到父親訃報歸村，忽被都頭趙能等探知，親往逮捕，宋江出頭容許明日自首，招呼他們入室予以美味珍餐，留他們住一宿，使用許多金銀以買其歡(三五回)，從這些事實益足證明了。

以上由逆賊而歸順的，就時便可爲官，不只是梁山泊的一幇，其前高俅派遣的第二軍統率軍勢的十人節度使，都是昔日匪賊而威振天下的。（七七回）。從前清到民國，這種事例甚多，如張作霖，馮麟閣，張宗昌，吳俊陞，陸榮廷，孫美瑤等都是。使此等歸順軍担當討伐的，這是與中國傳來之「以夷制夷」政策相同，以故關於招安梁山泊，御史大夫崔靖，上奏天子道（七四回）

「以愚意，熟按宋江等衆人，皆是山間亡命之徒，各犯官刑，而無避身處，隱遁山林，聚集而作不道……對之以甘言撫諭，赦其迄今罪過而爲官，以其兵馬防遼國之敵，誠爲兩便。」

不僅於此，於討敵同時並使他們歸順以減弱他們的勢力，這是朝廷一舉兩得的妙計。征伐大遼，田虎，王慶，諸將皆平安，最後征方臘，宋江軍頭領大多數陣亡離散，凱旋的時節，不過二十七人。這時候燕青誡盧俊義之言有：

「功成名遂而退，今後恐有危險來。韓信不是在未央宮斬首，彭越成爲肉醬，英布吞毒而死了嗎？及禍迫身後悔晚矣。」

此時宋江，盧俊義等蒙天子賜見，頒賜恩賞，任宋江爲楚州安撫使，盧俊義爲盧州安撫使，以下也都任命爲兵馬總管，指揮使，都統制等（一一八回）。然而多不喜歡作官，先有戴宗辞官入泰安州嶽，柴進宋淸也不久歸農，其他也都相繼或爲庶民或爲商賈，又爲道士的幾及半數。如阮小七，因受其上官讒言而被免官歸故鄉石碣村復爲漁夫，其他關勝，呼延灼戰歿，始終作官吏生涯的有花榮，朱仝凌振外五名，這些人都是因為不是昔為役人便是具有特殊技能（一一九回）。副將盧俊義及宋江，最後被政府陷害毒殺死於非命，在本傳的結尾（一一九一，二〇回）。這些功臣悲慘的末期，也有符燕青之言，尤其在中國歷史上顯而易見的事蹟更多，絕對不只是小說的構想。

蔡京在徽宗後立欽宗時，被貶死於遠地，又童貫亦在同時被殺，這是史實告訴我們的，功臣顯官的末路，決沒有獲得好結果的。

第二章　思想

水滸傳中表現的思想，可先舉出的便是天的思想。梁山泊首領晁蓋及宋江，口中常說「替天行道」他們並以此爲主義綱領，旗印上也是標榜着。又晁蓋生前就叫晁天王（一七，五九回）又宋江亦在對曾頭市主投降文中稱個人爲「天王」（六七回）

郭沫若氏東洋思潮「天之思想」的一節

「原來殷周的王室，殆繼續千年間的用天之思想來統治的，故宗教的傳統思想，透徹的浸潤於一般民衆之間，竟化爲一種民族的感情，……在這種信念浸潤下的民間，所謂一度替天行道狂猖者出現即起狼火，形成莫大的團結……」

替天行道，即所謂受天命而代任天之事業，就的天子的意思。易言之，立宋江等爲天王，標榜替天行道主義，也不能不說是革命思想。

這証據在傳中有關羽末裔關勝將軍，以官軍將領討伐梁山泊時，迎擊之宋江對他說道：

「朝廷不明，縱容奸臣當道，不許忠良進身，布滿濫官汚吏，陷害天下百姓，宋江等替天行道，並無異心。」

關勝罵道：

「分明草賊，替何天，行何道，天兵在此，還敢巧言令色」(六三回)

宋江所說的「別無異心」，是毫沒有代天子而取天下的野心意味。

胡適氏的「水滸考証」上也有

「宋元人借這宋江故事，發揮他們的宿怨，故把一座強盜山寨變成替天行道的機關」

替天行道主義，雖然不能說是就是革命，至少也是不甘心當朝的治政下，擬另闢一天地，替他們爲所欲爲的生活，所以究其實來說，還是獨立的一種。不過異心云者，只是沒有想到異心代取天下而爲天下主的意思罷了，又當他們受當朝招安時，歡喜應之，也是一種條件的獨立，宋江受鄆城縣役人追捕，逃在還道村娘娘廟避危難時，夢中九天玄女告訴他道(四一回)

「宋星主，傳汝三卷天書，汝可替天行道，爲主全忠仗義，爲臣輔國安民，去邪歸正勿忘勿泄」。

這裡的在文脈雖略有含混，仍是沒離開替天行道，「主」即是指梁山泊首領時代的心得，「臣」時則未言及。以故這山寨的行動，猶如前述只是獨立，決不是以朝向天子宋江最後爲奸臣謀害，混毒於恩賜酒中，在他死的時候，他的亡靈還出現於軍師吳用的枕邊而告曰：(一二〇回)

「我等以忠義爲主，替天行道，未有背叛天子之處，今賜毒酒，無罪而死。」

也有對於這種行動認爲不是正義正道的。單廷珪遂說魏定國之言辭有：（六六回）

「如今朝廷不明，天下大亂，天子昏昧，奸臣弄權，我等歸順宋公明，且居水泊，久後奸臣退位，那時去邪歸正，未爲晚也。」

這是官軍將領被捕歸順梁山泊的一人所說的言辭，對於替天行道主義似還沒有澈底，首領宋江自身在陳述梁山的祭旨趣中，竟有這樣的矛盾（七〇回）

「一則祈保衆弟兄身心安樂，二則惟願朝廷早降恩光赦免，逆天大罪，衆當竭力捐軀，盡忠保國」。

這與以前所舉的關勝之言「替何天，行何道，天兵在此」恰相吻合，把替天行道主義，自己予以破壞。

這種矛盾的中國民族，尤其是智識階級者共通的心理思想，在這時假借宋江這樣的人物，在本傳作者的頭腦裡，有儒教而生出來的尊王主義精神與固有之民主主義思想混雜，時唱王道，有時也主張霸道，對這兩個反對思想之矛盾，自己不悟，造成這樣似是而非的心理。

從國家社會狀態觀之，朝廷强盛之際，以天下循吏食俸，願意渡其安穩的生活，與此相反之時代時，以所謂的亂世英雄敢作其放蕩不覊的行動，反以豪快自居，認爲並不是無理的事情。

宋江在孔家村諫武松之言道：

「到二龍山入夥之後，少戒酒性，如得朝廷招安，你便可攛掇魯智深投降了。日後但是去邊上，一刀一槍，博一個封妻蔭子，久後青史上留得一個好名，也不枉了為人一世…可以記心」（三二回）

又宋江之父，憂他入山欲止其行說道「不要為自己的快樂累及全家」（三五回），此足以證明了這兩面的心理。

宋江及其他屬於知識階級對於朝廷思想，業如前述，是比較為穩健，惟其他的豪傑等反朝反官的思想，異常强烈，呼延灼對關勝言及宋江事時有「此人雖素懷歸順之心，奈衆賊不從何」（六六回）

梁山泊一黨中，稱為過激份子的，時常吐露漠視帝王的言辭。石勇在馳向梁山泊途中，在某酒舖竟大聲說道：

「老爺天下只讓得兩個人（指宋江與柴進）。其餘的都把來做脚底下的泥，便是大宋皇帝，也不怕他」（三四回）

又江州知府蔡得章致其父蔡太師之書翰，被梁山泊之一人朱貴拆開，下書人戴宗舒眉展眼責他不當，朱貴笑道

「這封鳥書，打甚麼要緊，休說拆開了太師府書札，俺這裡兀自要和大宋皇帝做個對頭的」（三八回）

就中最過激份子的黑旋風李逵等，屢以此種言語作口頭禪。某時面對宋江說道。

「哥哥休說做梁山泊主，便做個大宋皇帝你也肯」（五九回）

「若是哥哥做個皇帝，盧員外做個丞相，我們今日都住在金殿裡，也直得這般鳥亂」（六六回）

又朝廷第一回對梁山泊下招安詔書時，憤其文句無理，在勅使面前拆毀大怒的說道

「你的皇帝是宋，我的哥哥苗字也是宋」（七四回）

李逵更激烈的言辭

「你可奪下東京帝位與宋君」（七〇回）

這些不只是反官思想，還是革命思想，構成其根本的，是所謂「王侯將相本無種」的社會中等思想。

本傳中所表現的，梁山泊雖始終是山寨的程度，但宋江歸順後為主將去討伐之田虎，王慶，方臘等，自稱天子，雖為一時的，恰是完備一國的體態。其中田虎，大約書中粉飾是西夏景宗都於夏，但後者之方臘，如前述實實在在的史實有所記載，據續資治通鑑，奪取江南六州五十二縣自稱聖公，定年號曰永樂，倘好自為之或代宋朝另創一天下亦

未可知。

這裡有個例說，晁蓋頭領言辭中：

「俺梁山泊好漢，以忠義爲主，全施恩德於民」（四六回）

其範圍狹小，總之，對一部人民布善政的事實，極爲顯明的挿入國權的一部。

又宋江軍攻略東平府時，也在街頭張貼這樣的告示（六八回）

「曉諭百姓，害民州官，已自殺戮，汝等良民，各安生理」。

對於這些人民按着個人等治下來辦理的，這要擴大發展時即可變爲革命。

宋江等知識階級，雖奉仰尊王主義，但如宋太祖之際，受其部下軍兵擁立，在革命覇業之前，任何資格未有，故革命即是易姓，不過是一姓的興亡就是了。

又宋江等知識階級及舊官人外其他市井或草澤出身的，因爲不慣於役人，願過着這樣異常快活生活，宋江等歸順時，雖不得而知，但由他們的述懷也可知一般（一四回）。其代表的，石碣村阮小五之言辭，他在入山前便羨慕梁山泊的生活。

「他們不怕天不怕地，不怕官司，論秤分金銀，異樣穿綢錦，成甕吃酒，大塊吃肉，如何不快活？」

其弟阮小七也附合的說道：

「人生一世，草生一秋，我們只管打魚營生，學得他們過一日也好」（一四回）。

這「論秤分金銀，隨時換衣服」之事，這是階級口號的理想生活，在沂州東門酒店，朱貴說其弟朱富時，也有這樣的言語(四三回)其他的人也不斷的表現出來，又戴宗對賣薪的石秀說道：

「流落在此賣柴，怎能彀發跡，不若挺身江湖上去，做個下半世快樂也好。」(四三回)。

像這樣的思想，瀰漫了中國下級社會，匪賊生活的根源也就在此。

「天之思想」，據郭沫若之說，古來有變化的，殷周是尊崇人格的至上神，孔子把天視爲純然的觀念。又老子造成此等折衷的至上神，後世宋儒如學藝上所見的格物窮理，當然不承認人格神等。據山口察常氏之「中國哲學思想上」解釋：

「天即是理或爲道，萬古不易，是任何東西不可侵犯的自然法則」

他說這是宋代的定說。

然本傳中的天之思想，是人格的至上神，似與如左之郭氏的墨翟說最相近。

「天有意志，創造一切，主宰一切，爲善者賞之，爲惡者與罰，上自天子，下至庶民，無一切差別，無論如何，難逃天網。」

林冲在滄州草料場從雪中拾了一條命時，有「天理昭然，保佑善人義士」(九回)又李俊救潯陽江遇難的宋江時有「天不令我在家坐」等云云(三六回)

其次忠義的文字表現也很多。這是本傳中一貫的思想之一，李卓吾加批點的百回本，稱「忠義水滸傳」。這「忠」字，乃是遵天理竭至誠，前之天書中有「全忠仗義」，宋江當被招上梁山泊時曾有言「上逆天理，下違父教，做了不忠不孝的人在世，雖生何益」表示不勝嘆惜(三五)。在這裡所說的不孝是違父教，其對句的不忠，便是違悖天理之意。

又正義是仗正道公平愛萬物，宋江對於貧者時予以救濟，即稱曰「扶人之危，救人之困」「重義輕財」之說。因爲包含「仁」的思想，所以熟語爲「仁義忠信」(三五回)。捕虜敵將，不殺而優遇之，這是義之最大的，所以官軍大將呼延灼對宋江說過：

「非是呼延灼不忠於國，實感兄長義氣過人」由此便入夥了(五七回)。

又關勝投降宋江後，復與官軍大將淩州團練使單廷珪戰，單廷珪挺槍直取關勝後心，關勝特意用刀背打單廷珪落馬(六六回)這也是義的表現。「忠義雙全」又有別種意味，熟語時常喜用。

前有關勝與宋江軍戰鬪時，當林冲秦明二將欲擒的時節，宋江忽鳴金收兵，令二將返陣，並且說道：

「我等忠義自守，以兩取一，非所願也」(六三回)。

其後梁山泊晁蓋死後，宋江爲頭領，人數增加，並作種種組織改革，最後把聚義廳改為忠義堂(五九回)。關於名稱的變更，毫無任何說明，但無論是忠，是義，還是忠義，大體都是同樣的意義，視為天理人道主義，諒不能為大錯。

次從國家觀念及忠君觀念觀之，除前載呼延灼言辭中的「非是不忠於國」之外，如盧俊義之「生為大宋人，死為大宋鬼」。及其他之「為國盡力」(五四，五七回)，「安邦定國(六二回)等，也都是這種意義。

只是略有問題的，在青州軍官秦明責備清風寨知寨花榮的言語中有：

「…朝廷命官，叫你做個知寨，掌握一境地方，食祿於國，有何虧你處」(三三回)

其他關於這種言語也很多，對國家不能達到國家的責任時，勢非放棄國家所與的命令權不可，即國家與國民，是根據恩惠與奉公之互相交換利益條件而成立的，換句話說，就是在國家與官吏間有一種雇傭關係觀念存在着。

次如日本之忠，專對君主使用的也不少。宋江言語裡有「盡忠報國，死而後已」(七○回)，初為朝臣後入梁山泊的關勝，謂他的先祖「世本忠臣」的關羽(六三回)，又宋江言語裡「奸臣當道，不許忠良進身，」(六三回)也是常聽到。

中山久四郎氏的「日本儒教史」(綜合二千六百年史之一)中的「對於忠的日本人與中國人」一節有這樣的一段：

「關於忠字的意義，在中國有忠恕，忠信，忠順，忠厚，忠篤等，所謂忠君的忠，自己使用於別種意味的固然很多，但大多數都是通例，日本人所謂的忠，有忠君，忠勇，忠烈，忠節，忠武等，但聯想使用這些語句時，卻有很大的差別……「民忠信神」之道在中國，君上對臣下之道名曰忠也在中國…日本人雖然也不是不尊重孝道，但都是從孝來尊忠，即是若盡忠也就是爲孝的國風，中國人的從忠來尊孝，卻與它的國風大不一樣…」

又關於孝道，爲便宜起見記載於性情篇

關於禮字，有東平府程太守，攔阻部將董平斬梁山泊使者說道：

「不可，自古兩國相戰，不斬來使，於禮不當」（六八回）

這是本篇中的唯一之禮字。

最後觀察一下中華人對異民族的思想。本傳中雖然沒有很多，但對這些異民族也可以見到。蘇州市中有胡人頭陀（四四回）。又有以盜馬爲生的段景住，形容他爲赤髮或黃髮，以至黃髮捲鬚等（五九回）。大名府防禦保義使宣贊。

「生得面如鍋底，鼻孔朝天，卷髮赤鬚，彪形八尺」（六二回）

又東昌府獸醫皇甫端，是碧眼重瞳黃髮（六九回）。這些人都是生於北方，但是南方吳江也有營半漁半賊生活的黃髮赤鬚的男子，（一一二回）唐代不只是塞外人，因爲海外的外國人也有多數來到，似爲他們的子孫無疑。對於這些民族的感情，直接毫無任何表示。只是日前舉出的宣贊保義使，有某郡王愛他的武藝，以女許之，惟其妻嫌他醜而憤死，這是特別的人物。又快活林的酒舖小僮罵大醉的武松爲「外鄉的蠻子」（二八回），又在家莊的武松行爲，也被酒家罵爲「蠻法」之賤，（三一回），一般對此似很卑鄙的。

青州知府姓慕容（五三回），顯係鮮卑出身，凌州曾頭市土豪曾家，原爲金國人（五九回）。前述的槍竿嶺之地有大金的王子，他的愛馬曾被段廷住偷來（同上）。金國占據中國之事，與本傳時代大體相合，雖然不外是點綴小說的構成，但是表示了五胡十六國時代有多數異民族混入漢民族間，而在這時盛行通婚，的確是事實。那波利貞夫著「中華思想」上也載有「中華思想，存有極端開放博愛的傾向」所以有「唐代任異族出身的人們爲武將高官，委其執掌重要國務」之說。

然至宋代，最早已不是開放博愛主義了，從國初起便被塞外民族所窘，始終本和議而存續，憂患不絕，結局宋朝終爲外患滅亡。

在本傳中被宋江官軍攻擊的幽州城降服（八八回）似以眞宗攻略澶州爲種本。這是有名的澶淵之盟，宋以每年贈遼銀十萬兩絹二十萬匹，遼以兄事宋之條件下而簽署和約，遂來維持了四十年間的和平，本傳有反對遼王降服條件「每年獻貢，再不犯中國」之提議，這不外是中國一流的國家的自尊心。又在其次的蔡京奏言裡十足表現：

「四夷由古至今，到底不能盡亡，故寧使遼國存於北方爲要害，對中國爲有益也，亦即唇齒輔車之國是也。」

於是此議當被通過，以宿太尉爲勅使下受降詔勅，其文中還有這樣的一節（八八回）。

「中華爲主，夷狄豈無君乎？茲爾遼國不遵天命，屢犯疆封，理應理將一鼓而滅之，今覽其情詞，憫其哀切，……不忍加誅，仍存其國，……前奪之城池，依舊給還遼國管領，所供歲幣愼勿怠……敬事大國，畏茲天地，職此藩翰……」

這些文字十足的表示出來當代的中華外夷思想，對蠻夷下視，把他們打在藩屏地位上。

宋其後有四夏，交趾入寇，也曾因金之勃興，約金攻遼而收得成果，但遼雖亡而京城却又被金所陷，終至不得已南渡了。且其和議條件南宋受金之封冊，每年納貢銀絹，以故歷古傳來的中華思想，至此遂被無情的蹂躪了。

關於思想，不屬於以上之項目的，其一是孟子的性善說，朝廷對梁山泊降下所謂「惡其罪不惡其人」式的詔勅。

「人之本心，由二端構成，作善即爲良民，作惡即爲逆黨，爲逆黨者，非是正命，深屬可憫，朕聞梁山泊，聚衆已久未蒙善化，未復良心，今派天使，降茲詔書」（七九回）。

又非只於此，水滸傳表現的人物，雖有一部性惡者，但大多數是善人，如邪佞非道的無爲軍通判黃文炳，臨死發揮他的性善說道：

「小人已知過，只求早死」

表示毅然的覺悟(四〇回)

然後有一二表示運命觀的，最淸楚的當宋江入梁山泊時，吳用對他說道：

「兄長當初依了兄弟之言，只在山上快活，不到江州　不省了多少事，這都是天數註定如此(四〇回)。

次魯智深在五台山橫暴被放逐的時節，智眞和尙賜與四句偈子(四回)

「遇林而起，遇山而富

遇州而遷，遇江而止」

這個意思，第一句是在野猪林救林冲危難首爲豪傑(七回)，第二句是占領二龍山山寨度快適的生活(一六回)，第三句是入梁山泊成爲百八人之同伴(五七回)，第四句是在浙江杭州遷化(一一八回)

又他隨從宋江討伐大遼告終，歸途訪五台山的時節，仍蒙智眞復賜偈子如下(八九回)

「逢夏而擒，遇臘而執

聽潮而圓，見信而寂」

其後從軍討伐方臘，在烏龍嶺生擒敵將夏侯成，又捕虜方臘後，入杭州六和寺，在這裡聽錢塘江潮信，至圓寂之期，命衆僧汲開水，沐浴齋戒，坐禪椅盤足坐化（一一八回）。這是根據佛教的悟入而來，一面大約有道家宿命思想交錯着。

次就俗信即民間的信仰來觀察一下。第一有定墓地位置的風水信仰。這風水說，在服部博士的「中國研究」中

「從稱爲晉之郭璞所著的葬經始，纔有風水之說，至唐稍盛，宋以降益深，浸潤於人心，其術亦愈精微」。

本傳在蜈蚣嶺有一先生聲稱善選祖先墓地而誘拐良家子女，被武松殺死的風水家（三一回）。又王慶之父叫做王善，相信某風水先生，指定某地，倘移先祖墓地於此地時，後來定產富貴之子的言語，擬購買其土地，遂與該地主惹起訴訟，年爲公事賄賂役人，竟喪失私產之事，（一〇〇回）

次關於八卦占卜的事情，梁山泊軍師吳用，往訪大名府鄉紳盧俊義，打扮易者去的，（六〇回）令李逵拿着寫的「講命談天，卦金一兩」紙旗，自己穿着道服，鳴銅鈴，至街中心十字路口，振鈴念文言之後，對集中的羣衆說道：

「甘羅發早子牙遲，彭祖顏回壽不齊，范丹貧窮不崇富，八字生來各有時，此乃時也，運也，命也，知生知死，知貴知賤，若要問前程，先賜銀一兩」

不消說沒有一人肯出一兩銀子算卦，結局終被中了他的策略的盧俊義叫去，問其生年

月日，取出鐵算子，搭了一回，拿起算子一拍，大呼一聲「怪哉」並說道「員外今年時犯歲星，不出百日之內，必有血光之災」若免此大難「除非去東南方巽地上」一千里之外」寫出梁山泊佈置方策的一節。

又王慶在開封市中遇見的賣卜先生，穿葛布衣裳，手持汗傘，在其傘下打着寫的如左之紙招牌。

先天神數
荊南李助　十文一數
字字有准　術勝管輅

王慶求卜，賣卜先生取出裝着紫檀筮木的箱子，從其中拿出一個大定通寶銅錢給王慶，令其心中對天祈禱。於是用筮木占八卦，占出來名叫水雷屯之卦。謂他家內將有怪事又有所訴訟之事，註在寅辰，酉戌之日。其後在段家莊又會見此李助時，這回卜其生年月日，謂「八字吉兆詞難述」之語。這占卦家，一名叫做星相家（一〇四回）。與星占術爲共通的東西。

又有獨占的。宋江曾自己焚香祈禱來「卜一課」之處（六七回）。還有一種御籤。宋江乞求歸順天子運動成果如何時，曾禱問九天玄女，當時出來一籤爲「上上大吉」（八〇回）。

又有二人間抽籤決定應進方向的。其一例宋江與盧俊義分手襲擊東平府，令裴宣寫兩鬮，焚線香祈禱於天，各自拈鬮一個（六八回）

又以干支來卜筮的。西門慶託王婆介紹美人時，取笑西門慶謂有一人生得十二分人物，只是年紀大些。

「那娘子戊寅生，屬虎的，新年恰好九十三歲（二三回）

這時候業已配上十二支動物，由茲益爲證實。

又作夢的判斷。晁蓋夢見北斗七星，墜入自家的棟上，遂有豪傑七人聚來（二〇回）又晁蓋出攻曾頭市時，一陣狂風把新軍旗吹折，果中毒箭而死（五九回）。也是這種理由，聞鵲的鳴聲是吉祥便歡樂，（三二一回）又有燈火殘餘的花形主吉事之說。（二一回）相信有鬼存在。鬼也叫做死後之靈，本書專稱爲妖怪。東溪村谿川中常常有鬼，白日迷人下水，（一三回）閻婆惜罵宋江爲鬼，（二〇回）也是這種意思。又罵人常罵爲魍魎，木石之怪，沒有鼻眼的怪物等（二〇）在這裡也常有，所謂幽靈有武大郎之魂，告其弟武松代其伸寃（二五回）。

「只見靈床底下，捲起一陣冷氣來，盤旋昏暗，燈都遮黑了，壁上紙錢亂飛，那陣冷氣，逼得武松毛髮皆豎。定睛看時，只見一個人從靈床底上鑽將出來，叫聲兄弟，我死得好苦。武松聽不仔細，卻待向前來再看時，並沒有冷氣，亦不見人。自家便一交顛翻在席子上坐地，尋思是夢非夢，……武松想道：哥哥這一死，必然不明，卻說正要報我知道，又被我的神衝散了他的魂魄。……」

此外晁蓋（六四回），宋江，李逵之靈，也出現過（一二〇回），這些都是在夢中出顯，不能稱謂幽靈。

宋江及李逵之靈，把自己的冤枉訴諸皇帝與吳用，中國人一般對於冤枉一節具有非常的頑固特性，宋江飲朝廷贈與之毒酒，不知而死，知為奸臣等之謀計，臨死覺悟時之言語：

「余自幼習儒學，生長通吏道，不幸墮為罪人，且從來未作絲毫欺心之行為，天子輕聽奸佞之言，下賜毒酒」

表示極大的怨恨，但又恐怕李逵倘要知道這件事情時，他必大怒，必再起兵鬧天下，可破壞我一生的忠義，於是乃叫李逵返來，也飲此酒，作為冥途的同伴（一一九回）。所以二人的亡靈出現，對徽宗皇帝口說他們的冤枉，結局在蓼兒白畔設廟，納於神祠，表示種種的靈驗（一二〇回）。這些也是民族普遍的信仰之一。

屬於傳說的，有貞婦宋夫人被田虎强迫從高岡投身，照原形化為如雪白似的石塊（九七回），與日本的佐保姬傳說相同。又魯智深與田虎戰於襄垣，被陷於纏井，見一別世界，在其間一小時之間，竟經一個月(九八回)，認係取材於武陵桃源的傳說中。

又在南北朝時代，有荆南城刺史蕭憺，某時洪水破堤，乃親自冒雨監督築堤，因風雨激烈，下役等躊躇不前，自己乃親自跳入河中以期防水，忽然水退之說(一〇七回)這與日本的人柱傳說相似。

最後關於中國人處世思想特記一下，地方紳士往往有風格高的名士，表示着在世間的特異存在，本傳中當宋江軍討王慶攻畧荆南城時，頗爲苦戰，部將三人被捕，自還患病，在攻不下之際，忽有前述之蕭刺史子孫的處士蕭嘉穗出來呼應官軍，向城內住民撒布宣傳單，募集同志，共舉義兵，捉賊將割其首，開城門迎官軍。此使宋江不勝感激，入城後擺設盛宴，表彰蕭的響應偉功，同時並對他說道，早速奉聞朝廷，授予高位榮職，蕭對此拒絕的說道：

「御好意誠不敢受，個人此次的行動，決不是爲富貴功名，只是不忍坐視奸佞的賊徒蔓世虐待無辜良民，故敢作此一舉，但決未想到高官榮職，余個人的理想，仍在閑雲野鶴翺翔於自由天地。」

於是宋江不得已，在翌日令戴宗的使者，持鄭重禮物，訪其寓所時，竟堅門不閉。叩詢鄰家紙舖，謂蕭先生於今晨令童子担着「琴劍書囊」沒有告訴那去而走了。戴宗歸來

告知宋江，都嗟嘆很久。（一〇七回）

蕭嘉穗表示的氣品風格，與唐宋時代典型的詩人之陶淵明，李白等相似，似也是本傳著者的自己的理想。

第三章　宗教

宋代是中國道教諸宗最盛行的時候，徽宗帝二代前神宗熙寧末，全國寺觀四萬。六百十三所，僧尼道士女冠（女道士）達二十五萬一千七百八十五人。

當時與今日相同，道教，佛教是中國民族兼而信仰。史進家的葬儀請僧修設好事（一回）又清風寨劉知寨，受敵攻擊時，口中念道：

「救苦救難天尊，哎呀呀，十萬卷經三十壇醮，救一救」（三三回）。道教雖不能說是沒有經典，但在此際是指佛教。

今有一例，宋江在江州僞裝狂人的言辭中

「我是玉皇大帝的女婿，丈人教我領十萬天兵，來殺你江州人，閻羅大王做先鋒，五道將軍做合後」（三八回）

玉皇是道教，閻羅大王是本佛教而來，五道將軍是莊子所謂的神，根據儒教的產物，所謂混淆三教。

然本傳的宗教記事，道教斷然占多數。道教辭源載：

「宗教中奉元始天尊太上老君爲教祖者，創於東漢張道陵，至晉時稱天師道，後遂名之爲道教」

這多少有些牽强附會之處，這裡所謂的太上老君乃係老子，據傳張道陵在蜀之鶴鳴山修眞養性中，老君授與祕籙，遂著作種種經書，又時顯奇蹟，國內到處風靡。愛其道的須出米五斗，又稱爲五斗米道。其子孫居江西龍虎山世稱天師虎蟾相繼，成爲道教的總根據地，關於此事在本傳楔子(發端)業有記載。以後幾節節確立了教義，道教之名由於晉之葛洪著的「抱朴子」及北魏的寇謙而來。

幸田露伴氏，在東洋思潮中「道教思想」裡有：「據傳道教最初發生於老子，一般世人多不清楚，解說紛紜莫衷一是，其實道教，最初並不是直統的，乃是本諸他力集中一起的集成岩。即中國民族之間的古傳說，習氣，信仰，思想，感情，希望，叡智及其他等，受西方佛教文化的大壓力，彼爲彼，此爲此，自然集結，形成一大團塊」這是最中肯綮之言。

其信仰依歷朝略有消長，宋代尤以徽宗皇帝時頗爲隆盛，棚橋小川兩氏合編的「萬國大年表，上有：

「政和三年詔求道經仙經，六年會道士，七年開道會，每會費數萬錢」

宋史中徽宗信仰的道士，有王仔昔，林靈素外三人之名，這些道士善知人的未來，說天文吉凶能妖幻之術。

皇帝自身也成道士，在水滸傳裡記載徽宗與燕青的赦免書裡有：

「神宵玉府眞主宣和羽士虛靜道君皇帝」的字樣(八〇回)

道教之神，爲玉皇上帝或玉帝爲最高，居於玉淸宮，其下有天官，地官，水官三神。這都是人格神，其他在天有上許多仙人，諸星宿也成他們的同類，本玉帝命時下降投生爲人，像這樣的古來之神仙說，隨處都表現着。本書的發端，業首先表示了這教的信仰。

「宋太祖趙匡胤，感得天道循環，乃是上界霹靂大仙下降，其出世時，紅光滿天，異香經宿不散」

這天子的誕生的時候瑞祥情形，也是這個思想的一個特徵。於是此皇帝乃受後周恭帝之讓，其實就是簒位，當時有西嶽華山道士陳摶慶賀曰：

「正乃上合天心下合地理，中合人和，天下從此定矣」。

太祖傳太宗，眞宗，連續的傳到仁宗，當仁宗降生之時，晝夜啼哭不止，朝廷出給黃榜，召人醫治，有一老叟，抱着太子耳邊，低低說了八個字

「文有文曲，武有武曲」

太子便不哭了。這意味就是孩兒就了帝位，天帝命文曲武曲兩座星辰下來輔佐帝業，不要掛心，文曲星的化身，爲開封府知府享有盛名的包拯，武曲星即是征西夏大元帥震威

天下的狄青，都是實在的人物。仁宗自身也是上界赤脚大仙的仙人降誕，又前所說的老叟，也是太白金星受天帝之命的使者。

這些星辰的下降，如前述的天子及文武官等目標都是救濟人間，也有天上之星因犯任何罪過被責下降，令其修善積德再度昇天的意義。梁山泊的百八人，是天罡星三十六員，地煞星七十二座的化身，就是因爲這種原因而下界。宋江在還道村，受九天玄女的夢告裡有：

「玉帝因爲星主魔心未斷，道行未完，暫罰下方，不久重登紫府，切不可分毫懈怠」(四一回)。

又梁山泊祭晁蓋的祭文中也有「上薦晁天王早生天界」(七〇回)。尤其是在此前，晁蓋出顯於宋江夢中的時節叫做「天王顯聖」(六四回)。

這些也與中國固有的星占術具有思想的關聯宋江犯罪流離於江州時，蔡知府言語中曾有：

「近日太史院司天監奏道，夜觀天象，罡星照臨吳楚，敢有作耗之人，隨事體察剿除」(三八回)。

又宋江征方臘之際，柴進僞稱可引混入的時候說道：

「我學祖師之玄文，頃日夜夜觀天乾象，帝星明朗，照耀東吳之地」(九五回)。

吳用打扮易者對盧俊義說道：

「今年犯歲星」(六〇回)。

崇拜太陽。後有謀叛宋朝的王慶，看見賣卜者的八卦時，捧銅錢禮拜日輪(一〇一回)又關於天象之事，梁山泊百八人，是天罡三十六星與地煞七十二星的化身，都有名稱，宋江是天魁星，地魁星爲朱武，其外有諢名，如智多星吳用，霹靂火秦明，小旋風柴進，黑旋風李逵，轟天雷凌振，摸着天杜遷等。

以上是神仙小說的表現，惟就現實的生活觀之，道教是把佛教的來世說，化成現世應報功德爲主要的目標。仁宗皇帝末期，嘉祐三年瘟疫流行，由江南傳播開封，洛陽，如開封城內住民大半死亡……據萬國大年表，是至和元年，又東京夢華錄，在舊曆五六月之約五十日間，由開封諸門所出之死者靈柩達九十餘萬……於是朝廷舉開大規模的病魔退散祈禱會，在發端上有爲招江西龍虎山嗣漢天師張眞人派遣提點殿前太尉洪信爲勅使之場面。

這江西省的龍虎山(在貴溪縣西南八十里，因有如龍虎之兩峰相對峙而有此名)的所謂張眞人，在前業曾記述，惟古來的巫咒符水與神仙術等雜亂的迷信，受漢朝渡來的佛教影響，稍備有宗教的形式，稱爲開基的張道陵及其後繼子孫，道君廟便是道教總根據地。洪太尉爲使者的時節，自張道陵時代即由後漢靈帝前後起爲八九百年之後，恰是二三世代的樣子，名叫虛靖天師的即是當代的張眞人。駕鶴而來東京開封，執行七日間之羅天大醮的祈禱，誠意通天瘟疫遂止住。此外本傳中有薊州管下九宮總二仙山羅眞人的紫虛觀（五二回）。在此練丹藥，授長山不死之法，爲梁山泊一人的公孫勝以清道人而修業。這個縣名山名均是假稱的。又在發端，陳摶道士所居之西獄，即係陝西省華山雲臺觀，宿太尉奉勅命修降香儀式（五八回）。這是中國五獄之一，東獄爲今之山東泰山，南獄爲湖南衡山，北獄爲河北恒山，中獄古代多爲鎭壓邦畿，故隨國都遷徙而移，東周以來，定爲河南嵩山。此山之神，西獄金天聖帝（五七回），東獄齊天聖帝（七二回）。

又在娘娘廟表顯的九天玄女（四二，一〇八回）是上古的神女，曾有授黃帝兵法書而戰勝蚩尤的傳說，在這裡以玉帝使神授宋江天書。當時並言道：

「若是他日罪下酆都，吾亦不能汝」。

這酆都與佛教的地獄相同，道教的酆都，就在今之四川省東部酆都縣的閻君洞。這也是道教爲現世教的一個左證。

關於道觀的建築，對江西省龍虎山上清宮之處作下也的記載（發端）「中央有三清殿——玉清（玉帝）上清（道君）太清（老君）——，左廊下九天殿，紫微殿，北極殿，右廊下太乙殿，三官殿，驅邪殿，又其右廊後之伏魔殿，一遭都是搗椒紅泥牆，圍繞塗着防止濕氣的胡椒之紅色塀，正面有兩扇朱紅槅子，簷前懸掛一面硃紅漆金字牌額」

大體竟有這樣的佳美壯麗想像。又石碣豎在石龜，也是道觀的景物之一（同上）。羅眞人二仙山的紫虛觀，有眞人起居的松鶴軒在殿後（五二回）。祭祀九天玄女的娘娘廟，「跟入角門來看時，中間平坦一條龜背大街，覺道香塢兩行，夾種着大松樹，都是合抱不交的，行不過一里來路，聽得潺潺的澗水響，看前面時，一座青石橋，兩邊都是朱欄杆，岸上栽種奇花異草，蒼松茂竹，翠柳夭桃，過得橋基看時，兩行奇樹，中間一座大朱紅櫺星門，引入門時，有個龍墀，兩廊下盡是朱紅亭柱，都掛着繡簾，正中一座大殿」這是宮殿大體的構造。

道教所行的祭祀，謂之醮，係設祭壇向天地神明祈禱。張眞人在開封宮中舉行的，是「三千六百分羅天大醮」（發端）。又在梁山泊，晁蓋前頭慰靈祭時，兼供奉被殺害的許多無辜生命，舉行感謝神恩並懇求報應意味的羅天大醮（七〇回）。

「先請公孫勝一清主行醮事，然後令人下山四起遠邀請得道高士，就帶醮器赴寨，仍使人收取一應香燭，紙馬，花果，祭儀，素饌，淨食並合用一應物件，商議選定四月十五日爲始，七晝夜好事，山寨廣施錢財，督併幹辦，日期已近，向那忠義堂前，掛起長幡，四首堂上，紮縛三層高台，堂內舖設七寶三清聖像，兩班設二十八宿，十二宮辰，一切主醮星官眞宰，堂外仍設監壇，崔盧鄧竇神將，擺列已定，設放醮器齊備，請到道衆，連公孫勝共是四十九員，是以晴明得好，天氣和朗，月白風淸，宋江，盧俊義爲首，吳用與衆頭領爲次拈香，公孫勝作高功，主行齋事，關發一應文書符命，與那四十八員道衆，每日三朝，至第七日滿散，宋江要求上天報應，特教公孫勝專拜青詞，奏聞上帝，每日三朝，卻好至第七日三更時分，公孫勝在虛皇壇第一層，衆道士在第二層，宋江等衆頭領在第三層，衆小頭目並將校都在壇下衆皆懇求上蒼，務要拜求報應……終燒紙錢散會，道士等布施」

此外普通廟祭，屠牛羊豕三牲，所說的紙錢是用紙造成貨幣之形，再與金銀箔一同燒燬（一回），或焚線香。又有任何願事返禮時焚香，謂之香願（五回）。同樣的還願，也有修復御像與殿堂的，附有露骨的交換條件（四一回）。江州無爲軍黃文炳之兄黃文燁，或修橋補路，或造佛像，或施僧齋，人稱「黃面佛」（四〇回）。道院迎勅使時的儀禮，道士等鳴鐘叩鼓，捧幡，幢，天蓋香，花燈燭等（發端）。又葬儀之時，除僧侶外也招道士作齋醮（一回）。在廟內執掌這些香火的稱曰廟祝（一回）。又道士仍是度着僧侶式的生活（一四回）。

與道教沒有關係的，便是天子祭祀天神地祇之南郊祀（一回）。

「哲宗天子因拜南郊，感得風調雨順，放寬恩，大赦天下」

這個南郊之祀，是古來重要朝廷行事，三年一次在冬至日舉行。東京夢華錄對其盛況誌載頗詳。

次就佛教觀之，據通說佛教傳至中國，是前漢武帝時代。寺院的鼻祖，是後漢明帝時在洛陽附近建立的白馬寺，其後隋唐時代，最爲隆盛，後宋代次第衰微，但仍有多數寺院與僧侶。

本傳中表現的最初寺院，係有名的山西五台山文殊院（三，八九回）。此寺創建當時，到底是什麼時代不詳，惟華嚴宗的本山確是清凉山毫無置疑。提起此清凉山，爲文殊菩薩講說華嚴經之處。該地因有僧侶六七百人，故在當時，是全國有數的大寺。次就是開封的大相國寺（五回）。這也是有名的佛寺，以上現在都還存在。其他便是瓦官寺的廢寺（五回），孟州街道的光明寺（二六回），薊州的報恩寺（四四回），凌州的法華寺（五九回），大名府的龍華寺（同上），鎮江的金山寺（一〇九回），杭州城外的六和寺（一一八回）。此外不得謂之寺，有稱爲堂的，有東溪村觀音堂（一七回），江州郊外有觀音庵，滄州城內有地藏寺（五〇回）又有叫做水陸堂的施餓鬼堂及放生池等。又如宋太公之家，那樣宏大的莊院，並設有佛堂（二一回）。也有老人居家念佛的風習。李逵之母便是（四二回）。

又在談話之中，有屢次提到佛的事情。除前述之五道閻君外，並有稱曰哪吒的毗沙門天之王子，三頭六臂的神將（二八回）與羅漢（一一九回）等是。

寺院的構造，入口便爲山門，這裡有金剛力士的塑像，周圍是柵把子（三回）。再入內時，也是像道院那樣的石橋（同上），寺屋有叫做法堂的本堂，有選佛場，有雲堂或僧堂，方丈，庫局或庫裏，或藏殿，知容寮，容舘（三，五回），佛牙堂即佛骨堂（四五回）實塔立在境內（六八回）

次就所謂的寺制，最要緊的主管是長老，其下的次位有首座，都寺，監寺，掌法式的維那，秘書的書記，掌藏的藏主，待客的知客，其他有閣主，浴主，塔頭，飯頭，茶頭，掌厠的淨頭，菜頭等（三，五回）

為僧侶時須有度牒。這須預先出金檀越，從寺買置到手，選個適當人選奉為僧侶（三，三〇，四四回）。這個度牒是一種許可證，倘有此時，凡有的稅金徭役等皆被免除。得渡於寺院的魯智深，展開了他在五台山文殊院的一個場面（三回）先選定吉日良時，教鳴鐘擊鼓就法堂內會集人衆。整整齊齊五六百僧人，盡披袈裟，都到法座下合掌作禮。分做兩班侍立，把受得度人領來，維那教魯達除下巾幘，把頭髮分做九路綰了，捆揲起來。淨髮人剃頭。於是首座向長老捧度牒，請賜法名。長老手度牒，唱含有法名的偈子，投渡度牒。書記僧記入法名，交與本人。然後長老賜法衣袈裟，教智深穿了監寺引上法座前。長老與他摩頂授與三歸五戒。

關於齋醮之事，潘家巧雲會在其先夫二周年忌鼎辦（四四回）當日早晨，果見道人挑將經担到來，舖設壇場，擺放牒像供器，鼓鈸鐘磬，香花燈燭，廚下一面安排齋食。……

入晚，和引領衆僧，都來赴道場。相待茶湯已罷，打動鼓鈸，開始法會，和尚搖動鈴杵，發牒請佛這是大體的儀式。所打的稱曰血盆，爲當時女人間盛行的經文，佛牙即是舍利，襯錢即是布施，在本書中也出現了。

僧侶身上所穿的是僧衣，僧帽，袈裟，僧衣爲皂色（黑色）直裰，鴉青（紺）之絲，最普通的，穿的是僧鞋。又手中拿的主要的是叫做拜具的數珠及敷具。旅行的時候，携帶禪杖與戒刀等，頭有箍頭（三，二六回）。

寺院的生活，多寄進檀越(三回)，又有叫做十常方住的托鉢(五回)，及寺院附有的田地收入(同上)。寺有火工，道人，道廳(堂守)，轎夫，老郎等傭人(五回)。

很大的都會，朝五更一面念佛一面敲木魚報曉，天明時，有頭陀僧收拾齋飯(四四回)。念頭的文句是「普度衆僧救苦救難諸佛菩薩」等(同上)。其外有叫做雲遊行者（二九回）等行脚僧。在葬式時主要的是由僧侶主持。關於此事在習俗章上陳述。

民間時常祭神。山神廟在州城郊外(九回)與嶺峠(二二回)有之，內置有泥塑之山神像(九，四一回)。有土神廟(七九回)城隍廟(三八回)來鎮守土地及城池。又在江河之畔有祭祀水神的白龍神廟(三八回)，龍王廟(一〇二回)。此外尚有其他的大王廟(三二回)烏龍神(一〇六回)金甲天神(同上)等。

又有祭祀孔子的文廟(三八回)大聖祠堂(四二回)神農廟(九五回)等。家中也有祭祀關夫子關羽（六三回）。厨房祭祀叫做監齋使者的竈神（五回）。
最後舉出方術或稱妖術的東西來，在中國歷史上有用妖術惑衆，造成一種秘密結社，反抗朝廷的事蹟頗多。後漢末黃巾賊等爲奉信道教者，都稱爲道術。其正體是什麼呢。這叫做道教傳來的虛子，一種催眠術主義的應用。本傳有江州牢獄節度戴宗，使用神行法之事，一日能行八百華里。這是把叫做甲馬的神符綁縛兩腿上，念動咒語（五二回）又有以紙造成虎，豹，大蛇等，或用之於戰陣（五九回）或帕布上坐人，使其雲化上天（同上）其他還有呼風喚雨，雷電交加等，這些東西沒有一一記載的價值。不過這種觀念，迄今還深入下等民的頭腦中，從他們俗言中常有便可證明這事實，如義和團事變的拳匪，相信唱念咒文可使敵彈不入，或紅槍會等，相信自己雖死，仍可復生之信條。
尙有破妖術之法，李逵從薊州府房上滾下因被逮捕，說是這是妖人，獄卒等用狗血與屎尿澆滿頭一身（五三回）。

第四章　社會

在服部博士「中國研究」中「中國國民性」一節裡有

「關於中國國民顯係是平等主義國民的一點，從各方面都可以看得出來。一方面是社會的平等，他方面是政治的差別，呈示着二主義並行之一大奇觀。像這樣情形的社會的平等政治的差別，果然得以調和麽，更作深一步考慮時，乃是自己在那裡調和的」

「中國社會，稱爲士農工商四個階級，但向來卻沒有階級的存在。……士與農工商，可自由移動……決有太嚴重的階級分別」

這實實在在的是中國社會之一特色。從前章思想裡，也難看出官與賊間的懸隔事例，又諫議大夫趙鼎上奏梁山泊歸順文裡也有

「以臣愚意，不若降勅赦罪招安，詔赴赴闕命作良臣，以防邊境之害」（六六回）。

這是平等主義的發露。高俅對此竟怒而主張說道：

「反滅朝廷綱紀，猖獗小人，罪合賜死」

不外是政治的差別，後高俅爲梁山泊俘虜，立刻改變態度說道：

「若歸我都，足下等具忠義，奏聞皇上赦免，俾來陞大官，決非難事」（七九回）

階級制度不是固定的，前述之諫議大夫因諫議之罪官爵被革，成爲庶人，這是一個證明（六六回）。與此相反的有高俅，他是從庶人一躍而爲顯官（一回）。

又有認做高太尉的答應不確實的吳軍師，復派戴宗與燕青赴京，除運動宿太尉外，並經天子寵妓李師師之手直接從天子手中獲得赦免一身的詔書一節（八〇回）。這也是屬於取之於元小說戲作中，然而徽宗徽行李師師秦樓之事，確已有之，似取於如夢令的記事中，像這樣的東西會弄一起也決沒看出有什麼不自然的地方。例如皇帝與一山賊直接交涉，實在是眞正的社會平等主義的最高峰了。

次就家族制度觀之，首先舉出的便是民族結合村落，本傳寫出來的有史家村（一回），宋家村（一七回），祝家莊，扈家莊，李家莊（四五回）及龔家村（一〇一回），段家莊（一〇三回）等。

如史家村戶數三四百房，都是史姓，隱然成爲地方一自治團体，對少華山山寨的襲擊，發揮較縣城以上的戰闘力。祝，扈，李家三莊，以大地主命令佃房作他的兵士，擁有一二萬的兵力。

從此來看，這時代的民族村落，專爲共同防衛的團体，同時對於這些亦可視爲從漢代以後次第發達的莊園，似專爲採取自足經濟。所以村與村間，除有吉兇相應之外，並結有一種攻守同盟，從祝家莊與李家莊之事便可瞭然（四六回）又婚姻等亦互相結合。扈家莊的一丈青許於祝家三男祝彪，即其一例(四七回)。這是基於同姓不娶原則，也是當然的。

關於同姓親族，有宋江被清風寨劉知寨捉去時，花榮予他的求免信中有「……薄親劉文」，當時劉知寨大怒說道「……俺須不是你侮弄的，你寫他姓劉，是和我同姓，恁的便放了他」等語(三二回)。關於家譜，有宋江犯殺人罪逃避，都頭朱仝去逮捕時，他父太公說道，宋江乃不孝之子，三年前在本縣官長處，告了他忤逆，出了他籍，已不在老漢戶內人數，並拿出「執憑文」證明書來(二二回)。

中國的兄弟姊妹有狹義與廣義之別，狹義的就是同父同母生的，廣義是父之兄弟即從兄弟，祖父的兄弟之孫即再從兄弟，及曾祖父之兄弟的曾孫即三從兄弟，稱爲兄弟。又母方妻方的緣邊也有種種名稱，異常複雜。例如在登州牢獄中之解珍解寶兩兄，與牢卒樂和之問答時談話，就是關於這事(四八回)

樂「你兩個認得我麼？我是你哥哥的妻舅」

解「我只親弟兄兩個，別無那個哥哥」

樂「你兩個須是孫提轄的弟兄？」

解「孫提轄是我姑舅哥哥，我卻不曾與你相會，足下莫非是樂和舅？」

樂「正是我姓樂名和，祖貫茅州人氏，先祖挈家到此，將姐姐嫁與孫提轄爲妻」

這是兩方的關係，解兄弟之母的從兄弟孫提轄之妻，其弟樂和，由樂和來說，嫁與孫提轄姐姐的母之從兄弟，爲解二兄弟，兩者之間是廣義的兄弟。那裡還寫出一女傑顧大嫂來，這是孫提轄之弟孫新之妻，又因係解等的母親的從兄弟，即是孫提轄與解兄弟，以廣義兄弟具有二重關係，所以依諸兄弟之誼樂和，孫立（提轄），孫新，顧大嫂，等乃有背官捨業謀解兄弟脫獄，其結果纔一同參加梁山泊（四八回）

水滸傳上像解珍，解寶及孫立，孫新那樣親誼的兄弟善於成爲一心同体的行動。例如宋江與宋清，阮小二，阮小五與阮小七，童猛與童威，朱貴與朱富，蔡福與蔡慶，孔明與孔亮，鄒洲與鄒閏，及祝家三兄弟等。這也是中國家族制的一個特徵。

又結表兄弟或義兄弟之契也很簡單。宋江與晁蓋（一七回），宋江與武松（二二回），武松與張青（二七回），武松與施恩（二八回），楊雄與石秀（四三）等，不勝枚擧。結盟儀式也很簡單，只八拜或四拜便可，兄則半拜，僅還半分之禮。當然爲弟的亦得對其哥哥的配偶者稱曰義理的「嫂嫂」同時嫂方也得稱他爲義理之弟「叔叔」乃是相同的禮儀（四三回）

結義理的父子緣。「稱乾爺」或「乾娘」（四四回）。所謂的「養娘」不是日本的養女，似爲以後出嫁的家妓（二九回）。

這些義兄弟等，仍然是叫做親戚。清風寨花榮關於宋江被捉時劉知寨說道

「誰家沒個親眷你却什麼意思，我的一個表兄，直拿在家裡，强扭爲賊？」(三二回)

書中也有蓄妾的事情。金翠蓮被渭州鄭屠所困的時節，曾有「虛錢實契」的三千貫典身錢，其實並未支給分文，僅寫有證文而已(二回)，其後竟勒索她出款。在中國雖然也有妻妾住在一家過日子的，但是本妻仍是有勢力，金翠蓮三個月後被逐，(同上)受魯達救助赴雁門縣，經古鄰爲大財主的趙員外之妾(三回)。像這樣生活的女性很多。孟州快活林蔣門神之妾叫做西瓦子是戲院子裡的歌妓(二六回)，昔時爲妾的這種婦女仍是占多數的。

再看看家族中的使用人，各家主婦使用的人有使女(二三回)，如迎兒，婭嬛或丫環等(三，四四，五五回)。這些人都是所謂的人身賣買而來的，武大郎之妻潘金蓮，是清河縣財主家的使女，因爲她的貌美，那個大戶要纏她，她只是要去告主人的妻，意下不肯依從，那個大戶，因此記恨在心不要武大一文錢，白白地嫁與他，這一節便是一個好證明(二三回)。

男的使用人，莊園即豪農之家，有許多莊客佃戶同居。如史家村（一回），柴進之家(八回)，桃花莊(四回)，是前者之例，祝，扈，李三家莊(四六回)，是後者之例。加藤繁氏著東洋思潮中的「中國社會」裡有

「然至宋，官私奴婢俱滅，南渡之後尤爲顯然，雜戶(官戶官府奴婢)部曲（私府的奴

婢之區別亦消失矣。此係佃人制度發達農耕用佃戶較用奴僕爲有利也，又雇傭制度發達，支付薪金盛行雇用適當之人的結果，同時奴婢境遇亦接近雇傭者，待遇亦似加改良」。

他們也有私兵之事，如前所述。

農村有保正。初代梁山泊頭領晁蓋便是(一二回)，一般對之頗爲尊敬。又每二十五戶稱做社(三四回)，爲謀鄉黨公共事項的樣關。

又不是縣城的市鎮等，猶如日本舊幕時代的親分，或顏役一樣，那有一定的規定，叫做「覇」。如武松受流刑孟州東門外市井快活林即爲其一(二八回)，這裡是山東與河北等客商來往交易之處，有大旅舘百家，也有賭博場與錢莊等二三十家。那地方有孟州安平寨營官之子施恩好使槍棒自覺武藝不凡，使營內的罪囚强而有力的八九十人爲自己的部下，在當地開了一座賣酒肉之店。並向這些旅舘，賭博場，錢莊等吩咐，倘旅妓來時，須先拜訪我，否則不准在此地賣藝，同時須把他每日所掙之錢，至月終時送來二三百兩，作爲孝敬錢。但他的勢力不久便被强力的蔣門神奪去，且以張團練作後盾，於是爲復仇與奪還他的權利，乃利用武松而把蔣門神制倒了(二九回)

護送宋江赴江州去的途中，宋江在揭陽村對使用槍棒者惠金之事，那時有覇者童猛說道「滅俺揭陽鎮上的威風」(三六回)。以後有李俊的一覇的話，本此知道此地有三覇，揭陽嶺上下一帶爲李俊與李立的一覇，鎭上是童家兄弟一覇，潯陽江邊私商的張家兄弟一覇(三八回)。這似乎爲當地社會構成的重要一份子，他所張佈的私商很是奇特（參照經濟章）。

然後再談談賭博場，前述之快活林也有市場，其他也不在少數。淮西臨淮州有柳大郎開設的賭坊(一回)，靠近梁山泊的石碣村鎭(一四回)距濟州城北門十五里之安樂村的王家旅店，也是賭博場(一七回)與登州東門外十里牌前所出之顧大嫂酒店，除屠牛外，裡邊也是賭博場(四八回)。從牢子李逵好出入江州賭博場觀之，可知役人實行賭博也算不得什麼奇事(三七回)。

賭博方法不詳，似爲玩耍骰子，用盆扣伏起來咕嚕咕嚕的轉繞(三七回)，在定山堡是便用六個骰子不直接用錢，多使用頭錢或叫做稠馬的東西來代替。掌局的叫做討頭，管錢項的叫做拾錢(三七回)。又有一種吃賭飯的人。石勇就是吃賭飯的，因賭錢爭吵打死人而亡命他鄉(三四回)。至於船頭上也時常化爲賭場(三六回)。

如鄆城縣那樣都市，有一種叫做瓦子(二八回)或勾欄(五〇回)的茶園式的戲院，那裡有叫做的烟花(三二回)，粉頭(五〇回)行院(同上)等歌女，或唱歌，或誦叫做院本的戲曲。又如定山堡之鄉間，在市日麥田之傍，搭成露天式的戲台(一〇三回)。開封市中有講說三國志等的講釋家(九九回)。

據陳氏中國文化史稱，官妓是由宋時起，於是乃有官妓的對稱之家妓出現。高太尉向陣中携去三十餘名妓女(七七回)，孟州兵馬都監張蒙家中有家妓，養女玉蘭就是，在款待武松時走出燕席之間，或唱歌或酌酒。並令裁縫等與武松裁衣，用陷計欺瞞武松（二九回）。

遊廓有建康府（今之南京）的烟花，娼妓，歌女，李巧奴，與神醫安道全却異常要好(六四回)，在安道全之處時，形容其女的態度爲「撒嬌撒癡，倒在安道全懷裡」。於是他大醉睡過去後，却又應付江賊張旺。這時供給酒食復以巧娘接待。在這裡還有虔婆與二個使喚人。此外在東平城西瓦子娼子李睡蘭處，有史進潛伏着，窺視城內狀況。大伯経主匿藏他，虔婆道：

「我這行院人家，迎新送舊，以千萬人爲對象，坑陷了千千萬萬的人，豈爭他一個」(六八回)。又有罵不是妓女的女人言辭叫做烟花或煙花(三二回)。

常出入這些地方的人叫做閒人的遊人。他們迫脅人們勒索人們的金錢使。用其中也有叫做軍漢守禦城池的兵士，甚至衙門方面對於他們也沒有辦法(四三回)。又有富貴子弟等也時常冶遊，高俅養子高衙內便是個中的代表(五回)。他們拿着吹筒彈弓，粘竿追捕小鳥，就以這個爲他們日常的生活。

提起遊閒子弟來，有依妓樓過活，有依良家姑娘與富家之妾的過活，這謂之幫閒。高俅沒得勢以前便是這樣人(一回)，其他有富安(六回)等。又如住在開封酸棗門外的破落戶，及盜大相國寺菜園蔬菜爲生業的潑皮，也是這一類的人物。他如酒醉橫行市中的牛二，連警察都無法管束(一一回)這些東西都是大都會的特產物。

在這些人中似乎有不少沒有一定居處的，李逵爲江州牢子時，曾有「東邊歇兩日，西邊橫幾時的生活(三七回)。

鎮市如快活林等地方，前已陳述，其他如清風寨之清風鎮有三五千戶(三二回)，曾頭市也有三千戶(五九回)。最少的定山堡也有五六百戶(一〇三回)，至于五台山之大寺院，也有肉舖，飯舘，酒店，粥店，鐵工，旅舘，其他民衆多數在排列着(三回)。鄉間的狀態，除在孟州街道之十字坡一節寫出「見遠遠地土坡下，約有數間草屋，傍着谿邊柳樹上，挑出個酒帘兒」(二六回)外再沒有看到。

描寫州城及縣城之處很少。渭州城內有六街三市(二回)。如帝都開封府，據東京夢華錄等，似很繁華，在本傳中宋江等爲請天子親自恩赦的元宵節前夜，伏在開封城內暗處。在探查情況之先，令柴進與燕青(七一回)赴京，描寫他倆人入城時「從萬壽門走進信步御街，行到宮城一門的東華門畔，那裡茶坊酒肆櫛比。……裝着官人從東華門進禁中，由凝暉殿登睿思殿……」其後宋江等變裝入城內也有「走到御街登上李師師的青樓。在其入口處掛着歌舞神仙女，風流花月魁……然後來到天漢橋之邊，登上叫做樊樓的酒樓」，這些名稱大体都是實在的。天漢橋是一個州橋（一一回），即為楊志賣刀與牛二之無賴漢相爭之處，在汴河上所架的橋，就是在御街上。此外書中還有一座名叫太平橋的。又城門有酸棗門，封近門，陳橋門等寫出。

[illegible]市中也有乞丐（二〇回）。至冬時似即凍死與餓死，罵人言語中有「倒街，垂死於臥巷之野」（二〇回）。市中似沒有厠所，林冲「出酒店門去東小巷內淨手」（六回。）

第五章 習俗

先從婚事說起，本傳中此例很少。僅在桃花山山寨副頭周通搶劉家姑娘處有一節（四回）。這時候的定禮（結納）有紅錦及銀二十兩。關於儀式及情形有這樣的一段。

「太公見天色黑了，叫莊客前後點起燈燭熒煌，就打麥場上放下一條桌子，上面擺着香花燈燭，一面叫莊客大盤盛着肉，大壺溫着酒，約莫初更時分，只聽得山邊鑼鳴鼓響……只見得遠遠地四五十火把，照耀如同白日，一簇人馬飛奔莊上來。便叫莊客，大開莊門，前來迎接。前面擺着四五對紅紗燈籠，明晃晃的，都是器械旗槍，盡把紅綠絹帛縛着，小嘍囉頭上，亂插着野花，照着馬上那個大王，頭戴撮尖紅凹面巾，鬢旁邊插一枝羅帛像生花，上穿一領圍虎体挽絨金繡綠羅袍，腰繫一條稱狠身銷金包肚紅搭膊着，一雙對掩雲跟牛皮靴騎一匹高頭捲毛大白馬。那大王來到莊前，下了馬，只見衆小嘍囉齊聲賀道：

「帽兒光光，今夜做個新郎
衣衫窄窄，今夜做個嬌客」

這種定禮是一種身價錢，前篇已經說過，清河縣財主，把侍婢嫁給時「不取武大郎分文，反而賠些粧奩予他」也很可証明了。許嫁之事在前章的扈三娘與祝彪的事情也曾提及(四七回)。東平府程太守對兵馬都監董平差來的媒婆說道：

「我是文官，他是武官，相贅爲婿，正當其理」(六八回)除同姓外，在同職之間似也有避婚之習俗。

所謂的贅婚就是女家招婿之名稱。

又先夫死去或離婚歸甯後再婚的，稱爲晚嫁(四三回)或後繼(五一回)。這種再嫁之事，一般頗以爲羞恥，例如守寡之嚴正說，尤其是從宋代起。本傳中盧俊義對吳用說道：

「盧某生於北京，長在富家，祖宗無犯法之男，親族無再婚之女」(六〇回。)

這些大歸的人叫做回頭人(一二三回)。

離婚書叫做休書(七，一二三回)。林冲被高俅陷害發配滄州時，憂慮其妻張氏的將來與她休書(七回)。

「東京八十萬禁軍教頭林冲，爲因身犯重罪，斷配滄州，去後存亡不保，有妻張氏年少，情願立此休書，任從改嫁，永無爭執，委是自行情願，並非相逼。恐後無憑，立此文約爲照」

後添上年月日，花押，蓋手印。但是爲這問題的根本之高衙內，對於張氏逼迫仍然不放手，因而該女終自殺而死(一九回)。

又沒有親生之子的時候，可以兄弟之子補之，對於這個嗣子稱曰過房(一九回)。

再看看葬儀，這是中國重大行事之一，其代表的，史家老太公的葬儀，有這樣一段記載(一回)。

「太公歿了，史進一面備棺槨盛殮，請僧修設好事，追齋理七，薦拔太公，又請道士建立齋醮，超度昇天，整做了十數壇好事功果道場，選了吉日良時，出喪安葬。滿村中三四百史家莊戶，都來送喪掛孝，埋殯在村西山上祖墳內了」。

在梁山泊晁蓋中敵毒箭死去時，有這樣的一節(五九回)。

「宋江見晁蓋已死，放聲大哭，如喪考妣……便教把香湯沐浴了屍首，裝殮衣服巾幘，停在聚義廳上。衆頭領都來擧哀祭祀。一面合造內棺外槨，選了吉時，盛放在正廳上，建起靈幃，中間設個神主，…山寨中頭領自宋公明以下，都帶重孝，小頭目並衆小嘍囉亦帶孝頭巾。林冲却把那枝誓箭就供養在靈前。寨內揚起長旛，請附近寺院僧衆上山做功德，追薦晁天王……邇來百日之間，每日修設好事。」

又比較簡單的，寫出武大郎葬儀如次(二四回)。

「買了棺材，納棺之際，與他梳了頭，戴上巾幗，取雙鞋襪與他穿了，將片白絹蓋了臉，揀床乾淨被蓋在死屍身上。又買些香燭紙錢之類，照隨身燈，請兩個和尚讀經」。因為武大郎係遭毒殺，為隱匿證據，以沒有墓地為理由，燒化了。埋葬的人叫做火家(一一五回)。又戰爭死去也行火葬(一一六回)。魯智深遷化之時就是(一一九回)。火葬是佛敎渡來後的習俗，傳宋代已盛行了。

送殯之時，雇用一種男子哭泣，這種男子叫做輓歌郞，這時候也有此種習慣了(二〇回)。

中國人又有一種習慣，生前置佈棺材，裁做壽衣，或送終衣料等，宋江在鄆城縣之縣吏時代，有售湯藥老人王公，惠施閻婆等棺材(二〇回)，又西門慶對於撮合與武大郞之妻成其美事的王婆，贈與壽衣(二三回)。

喜事慶祝之時，有叫花紅的，即有以紅緞子纏身之習俗。這對有功勞之人表彰時亦使用之。武松在景陽岡打死老虎時，近鄉之人們，把他身掛上花紅，步行至陽穀縣。打死之虎也掛同樣的花紅(二三回)。又楊雄以浪人而任官押獄時，知己的朋友們爲他「掛紅賀喜」(四三回)。在每個店舖開張時亦實行之(同上)。

從慶事上來說，誕生日的祝賀非常尊重，大名府留守梁中書，對其舅蔡太師每年送金銀財寶十萬貫(一五回)，又江州知府蔡太師的兒子，爲祝父親誕生日，令戴宗送去「金珠寶貝玩好」(三八回)。份內之事，固應當別論，但許多是具有賄賂的性質。

再就儀禮方面觀之，在宋江等百八人受朝廷招安拜謁皇帝時(八一回)有：

「宋江等脫鎧甲，穿御賜之紅錦綠錦袍衣，上懸恩賜之金牌，銀牌，華粧起來，由東華門進宮……儀禮司郎率宋江等到文德殿，在御堦之下，依次第爲列，一同行拜高呼萬歲……終開御宴，下賜宋江等御杯……」

這「萬歲」之字句，據辞源，昔是普通慶祝之詞，漢以來成爲天子專稱，至清末更恢復古制。

對普通貴人之禮儀時，則可「斜座着」，坐在椅子片端（一一九，三二回）。又序次也非常麻煩，在本傳中時寫出讓序次的事情。村民集合之際，多按年齡而坐（一回）。

再就年中行事觀之，元旦日宮中擧行大朝會，天子坐大慶殿，受百官及外夷諸國使臣賀禮，東京夢華錄記載頗詳，本傳中宋江等爲官軍往征田虎時，有寫蓋州城元旦日之一節（九二回）。

「明天是宣和五年元旦，與兄弟輩同去迎春，翌晨，宋江等諸將穿同樣公服，戴幞頭，望京師禮拜，朝賀完畢，各自脫去公服幞頭，穿紅錦戰袍，九十二個頭領及降服之耿恭等皆來宋先鋒前賀新年。當時，宋江特設盛宴，諸將爲宋江擧觴祝壽」。

其外的行事，載有元宵節，盂蘭盆，中秋觀月等。

元宵節是從漢代起之行事，唐宋時代最盛。在正月十五日夜擧行，是故乃有宋江在清風寨看這光景的一節（三三回）。

「又早屆元宵節近，這淸風寨鎭上居民，商量放燈事，准備慶祝元宵，科歛錢物，去土地大王廟前，紮縛起一座小鰲山，上面結綵懸花，張掛五七百碗花燈，家家門前，紮起燈棚，賽懸燈火。市鎮上，諸行百藝都有。」

又寫大名府之元宵行事，也有下邊的一段(六五回)。

「家家門前紮起燈棚，都要賽掛好燈，巧樣烟火，戶內縛起山棚，擺放五色屏風砲燈，四邊都掛名人書畫並奇異骨董玩器之物，在城大街小巷，家家都要點燈。大名府留守司州橋邊，搭起一座鰲山，上面盤紅黃大龍兩條，每片鱗甲上點燈一盞，口吐淨水，……又銅佛寺前，紮起一座鰲山，上面盤青龍一條，翠雲樓前，也紮起一座鰲山，上面盤着一條白龍……終朝鼓樂喧天，每日笙歌聒耳。……慶賞豐年。」

又宋江因朝廷招安，曾潛入開封城，也看見了這元宵節熱鬧情況，描寫些燈棚花燈景緻(七二回)。

立春日也有赴郊外訪春之行事。宋江討伐田虎駐紮蓋州城中，曾對其部下說過

「翌日是立春節，退宴約好各個出東郊迎春(九一回)。

「其夜由子刻大起東北風，濃雲暗覆天地，降大雪積地三尺」。

次日宋江率諸將領，在城東宜春園飲酒賞雪，關於賞雪一節，在開封也有這風習，即降雪時富家之家等，造雪獅子與雪燈等，設宴招客，此係在東京夢華錄中所載。

前述之事，簡暫解釋如左：

「柳雪有種種名目。一片降下名曰蜂兒。兩片連來，謂之鵝毛，三片相連是攢攢，四片相連係聚四，五片相連梅花雜片，六片相連名六出。雪係陰氣凝結者，六出係應極陰之數。今日雖是立春，因係尙近於冬，故斯雪或五片或六片也。」

又雪具有象徵豐年的意味，稱瑞雪，實際因中原地方積雪珍奇之故(九回)。

盂蘭盆會，是陰曆七月十五日的中元節，斯夜有河燈，即放燈籠也。朱仝赴薊州地藏寺領知府之兒所看的就是這個(五〇回)。八月十五日中秋節有開觀月之宴。史進招待少華山山寨頭領們，就是主辦這個(一回)。其他有七月七日的七夕節也很熱鬧。此節也稱乞巧節，這天生的女孩子多叫巧兒(四三回)。又泰山聖帝的誕生日，遠近參詣者來的很多，竟舉行相撲大會等(七三回)。

酒的事情，記載於食物節內，但酒醉在街上散步的，現代的中國人，己經不算稀見，水滸傳却把它詳細的描寫出來。如武松，就是一個最典型的人物，景陽岡打猛虎之時（二二回）在蜈蚣嶺與孔兄弟相爭時(三一回)，在快活林痛打蔣門神之時(二八回)都是也，此時並未醉到那樣，爲使敵方不注意，乃裝大醉遂寫出，「打開布衫，前顛後偃，東倒西歪」來。

又宋江平常不嗜酒，惟在潯陽樓獨飲大醉竟致不知壁上題詩之事(三八回)。又王四在少華山寨飲酒歸來睡於林中(一回)。再由其他酒店到處皆是推之，此時代飲酒之風習，特別盛行，又還有許多酩酊大醉者，也不難想像。

拿着像王四那樣情形的贈物與請書，必須要賞給若干的賞錢，或予以酒食，這種禮儀直到現在還盛行着。又在託人辦事情的時候，也須持些禮去(一回)。又在土地與菜園子換管理人的時節，有對土地之人，贈與鮮果與酒等風習(五回)。

再有飲酒行令猜拳的遊戲(一〇八回)。據東皐雜錄，沒有今日所行的花拳，只在酒席之間，把松實或果物種子放在掌中，如猜中這數目時就算勝家。日本的薩摩掌似乎也屬於這一類的東西。他們也下棋，即是圍碁(一回)。宋代已經有棋經出世了。

戶外遊戲有叫做脚氣球(一回)的蹴球，與用吹筒，粘竿，彈弓(五，五一回)等來捉小鳥。復盛行鬪鷄(一〇〇回)。這些遊戲在左傳上已出現了，故其起源很古。

下邊是記載泰山聖帝祭的相撲情形(七三回)

「每年三月二十八日是聖帝誕生日，遠近的紅男綠女成羣成幫的參拜，店肆林立不計其數，旅店千五百家盡充滿參謁之人，連咫尺之地都沒有。相撲場搭設高台，天井蓋幕，幕內吊金欄天蓋，四隅之柱，都以金色緞子包纏，其外點綴得更爲美麗，其傍有棚堆，積一些金銀賞品與錦繡，又一面高揭匾額寫着。

拳打南山猛虎

脚踢北海蛟龍

沿台有棧舖，有太守以下官人就座觀賞。那時候有部署一人進至台上，先拜神明，擧羽扇招東西，去年頭籌是任原。這時候忽飛出燕青來。行司言道倘有傷害時須有保人，燕青聞之說道相撲之上死生不論，於是脫去衣服，現出花繡，觀客都感嘆他不是好惹的，任原心裡也有五分怯他。……兩人先躍台上，兩相蹲立，行司掌羽扇，伸入兩人之間，說聲各自留心，不要犯規，立刻曳起羽扇，兩人一來一往，使盡秘術相撲……。燕青或去任原左脅下穿將過去，或從右脅穿將過去，大漢轉身終是不便，三換々得脚步亂了，燕青卻搶將入去，用右手紐住任原，探左手插入任原交襠，用肩胛頂住他胸脯，把任原直托將起來，頭重脚輕，借力便旋四五旋，旋到獻台邊，叫一聲下去，把任原頭在下，脚在上，直攛下獻台來，這一撲名叫做鵓鴿旋。」

這獻台的構造及相撲場，著者敢斷定是宋代的風習。其他構造及行司所作等，頗與日本相撲相同。

古杭夢遊錄上有

「相撲爲古百戲之一，聚諸力士相角力，能顚仆他人者爲勝，」

關聯前述之燕青花繡，由這種風俗觀之，有史進之身刺繡九龍（一回），魯達的花繡（二回），有阮小五的胸前豹形，楊雄之藍錠色的花繡（四三回），龔旺的全身虎斑，頸項上呑着虎頭(六九回)等出現。這係元與南蠻的風俗，從唐代便興盛起來。不外是武藝者的一種示威目的，也有予人一種美感，李師師瞧見燕青的肌刺繡花，發生了戀慕之情(八〇回)。

又墨鯨對流刑者行之(參照法律條)對此有專業的刺匠(一回)。纏足也很流行。如潘金蓮的尖尖小脚兒(二三回)，楊雄之妻的潘巧雲化粧之際有「梳頭裹脚……」等，就是指纏足而言。這乃是宋以前五代開始的習俗。

又强盜常把面染爲血紅，也有塗成漆黑的(四二，五五回)。這有變裝與威嚇的意味。有些戴紅帽子與冠黃巾的（二二，四二，五二回）。叫做紅頭子的是强盜的俗稱（三三回）。

再爲習俗之一的，可擧出食人肉一節。這件事情就是經日本學者研究，在古代中國社會也不能否認這風習的存在，在三國志中固然常見，即本傳中此種例子也是不少。多在寂靜的街道上開設酒舘，有金錢財實的旅人借宿時，酒中裝入麻藥或蒙汗藥的麻醉劑，飲下去後便實行掠奪，在剝人凳上解剖(二六回)。最初出現的有魯智深威脅向滄州護送林冲之役人的文句中：

「看在兄台的面子饒了你們，否則要把你們打成肉醬」（一〇回)。

林冲往梁山泊的途中，在山寨派出來的酒店內朱貴曾對他說：

「有財帛者，輕則蒙汗藥麻翻，重則登時結果，將精肉片爲羓子，肥肉煎肉點燈。」(一〇回)。又武松受流刑孟州的途中，在十字坡某酒店端出肉饅頭來，武松叫道：

「這饅頭是人肉的，是狗肉的？」

那婦人嘻嘻笑道：

「客官休要取笑，是黃牛的」

其實正是武松所言的人肉饅頭(二六回)。

又宋江從孔家莊去淸風寨的途中，被錦毛虎部下捉去，竟有說的把他的心肝作爲醒酒酸辣湯，於是便把心窩澆上水去，眞是叫人害怕。

把人的心臟肝臟作爲飲物，是醒酒的妙藥，惟因有熱血包裹着，把這冷水潑散了熱血，便脆了好吃。(三二回)。

李逵逢見假充自己名字刼盜的李鬼，他妄信他的孝行之話，饒了他命復贈給銀子，叫他做些正業，但再度相逢，毫未猶豫，便把他殺死去李鬼腿上割下兩塊肉來，把些水洗淨了，竈裏抓些炭水來便燒。(四三回)。

最慘酷的，把淸風寨劉知寨綁在柱上活條條的割腹取出心肝(三三回)，李逵把江州無爲軍黃文炳的腿肉割下來，炙燒作酒肴(四〇回)。在上邊的頭領也有取心肝作醒酒湯的事情(四〇回)。在復仇的時候，也是取出心肝，供在靈前。武松殺嫂之際(二五回)，例如曾頭市射死晁蓋的史文恭便是(六八回)。

掘古墳偷財寶的時還那樣人物，也是司空見慣的(四五回)。

再觀他們山寨生活的一端，結盟宣誓時，殺牛馬等供爲犧牲(一七回)，又歃血時用羊等之血塗口(七〇回)，對於取酒祭地(四一回)折箭爲誓等也是常見(四，四一，六九回)。入山寨投片(一〇回)。又至寨不能收容時，贈與金銀(八，一〇回)，所謂給與草鞋錢的習俗。

他們襲擊旅客時，先要「買路錢」。即俗謂的通關費意味。但是到底拿出幾千貫便許通過呢，那到沒提到，不過始終作他們的殺傷掠奪的目的罷了。又在草叢中與林冲佈置繩索，各地綁着鈴鐺兒，預備捕捉通行者(三一回)。大規模的有「洗蕩村坊」之說，即襲擊一部落時殺住民掠奪財寶(四六回)。攻略其他縣州城等，正如前述相同。這些銀貨半分儲納於倉庫，半分再分爲兩分，頭領們與部下各獲其一(一九回)。又俘虜者刺上號數，强健者或養馬或伐薪，不太健康者，令其作車夫或割草等活計(一九回)。

雖然沒有像綁票那樣以金代贖等，但因某種約定可互相以個人信賴之人對質。高俅被梁山泊所捕，約好朝廷招安而放他歸去時，留下部將聞煥章作押(八〇回)，其他關於這種例子還有幾處。

自殺的方法有跳井(五回)縊死(八〇回)等，也有以腰刀自刎其首的(九五回)。

動作表情，歡喜時或以手拍額（發端）或叩頰（一四回）。或罵人時拍胸（二〇回），得意時弄髭拍膝（六三回）。又形容驚慌時面色一陣紅一陣白（一七，六八回）又青一陣黃一陣的（二五，三三回）。

對於這樣動作，在潯陽江琵琶亭中宋江醉中寫反詩，黃文炳讀之，十足的表現了他的動作（三八回）。

詩「自幼曾攻經史，長成亦有權謀」

黃冷笑道「這人自負不淺」

詩「恰如猛虎臥荒邱，潛伏爪牙忍受」

黃側着頭道「那廝也是個不依本分的人」

詩「不幸刺文雙頰，那堪配在江州」

黃又笑道「也不是個高尚其志的人，看來只是個配軍」

詩「他年若得報冤讐，血染潯陽江口」。

黃搖頭道「這廝報讐兀誰，却要在此間生事，量你是個配軍，做得甚用？」

又讀別一首詩道：

詩「心在山東身在吳，飄蓬江海漫嗟吁」

黃一點頭道「這兩句，兀自可恕」

詩「他時若遂凌雲志，敢笑黃巢不丈夫」黃仲着舌，搖着頭道：「這廝無禮，他却要賽過黃巢，不謀反待怎地？」

第六章 性情

水滸傳裡表現的人物中，以頭領宋江及李逵最富於性格的特長，此外便是吳用的描寫了。

宋江及李逵都是感情家，尤以李逵是南方的熱情代表者，宋江富於儒學者流的思慮，易言之易流於感傷。吳用以冷靜的理智，富於判斷，持有決斷力，似可為北方人的代表。其他的人物雖也有種種特長，但性格的描寫，不能像金聖歎所謂的「寫百八人的性格真正百八樣」那樣清楚。

關於前述的三代表人物的性格，引証本傳中時，宋江在他初出場的十七回是這樣的描寫着「平生只好結識江湖好漢，但有人來投奔他的，若高若低，無有不納，……若要起身，盡力資助。端的是揮金似土，人問他求錢物，亦不推託。且好做方便，每每排難解紛，只是周全人性命。時常散施棺材藥餌，濟人貧苦，賙人之濟，扶人之困。以此山東，河北聞名，都稱他做及時雨，卻把他比做天上下的及時雨一般，能救萬物。」

然後宋江讓梁山泊主於盧俊義時，自己曾這樣的說道（六八回）。

「非宋某多謙，有三件不如員外處，第一件宋江身材黑矮，員外堂堂儀表。第二件宋江出身小吏，犯罪在逃員，外生於富貴之身，長有豪傑之譽。第三件宋江文不能安邦，武不能附衆，手無縛鷄之力，身無寸箭之功。員外力敵萬人，通今博古，一發衆人無能得及。」

盧俊義的人格大体如此，蓋他所以聲名如雷，天下豪傑皆來歸順，所謂「執鞭隨鐙」，乃因他不用巧言令色，專以仁義忠信(六三回)爲主，爲人不惜抛棄私財，在中國人金錢主義裡，是一個具有珍奇性格的財主，他能搏得人情也是在於這一點上。

李逵也是具有這種美點，性質極爲爽快，易信他人之言，有捨己救人之風。一方性情放蕩無羈，時常惹起禍端，天性富於幽默，衆人皆愛之。

關於他的爲人，戴宗對羅眞人有這樣的一節(五三回)

「這李逵雖是愚蠢，不省禮法，也有些小好處。第一鯁直，分毫不肯苟取於人。第二不會阿諂於人，雖死其忠不改。第三並無淫慾邪心，勇敢當先，因此宋公明甚是愛他。」

至於描寫吳用的性情，還沒有特別的文句，就世人所謂的神機妙算家，本書中的戰術攻略殆皆出之於他的腦中，所以說是他是此小說的技巧骨子作者亦可，他頭腦明敏，理性特別尖銳，但決不是缺乏人情的詭詐者。不僅這樣，並且對宋江時常激昂與感傷，認爲不當，常規勸宋江叫他正路上，。實際上來說，他是具有頭領的資格，但是他不是領袖，僅居軍師地位而扶宋江。

要之從各人主要之性情觀之，孝心最篤厚者要算宋江，他聞聽父訃——乃係僞造的——驟然狀若狂人，自己罵自己道：

「不孝逆子，做下非爲，老父身亡，不能盡人子之道，畜生何異。」

自把頭去壁上磕撞，大哭起來(三四回)。其他有孔明，孔亮對老太公之孝心等，但由數目上來說，母親二字時常出現於文中。何濤爲官軍指揮官攻打梁山泊被縛，以家中有個八十歲的老娘爲理由，乞饒性命(一八回)，小賊李鬼，僞稱九十歲老母在家，欺哄李逵，以孝順之心得條性命並取出銀子送與李鬼，但不久發現李鬼是說謊，將他一刀殺死（四二回)。李逵爲使母親享老年之餘福，背着老母向梁山泊走去的途中，在沂州嶺竟被老虎吃了，這不過是作者的一種奇想之筆耳（同上），其他公孫勝(四三回)雷橫(五〇)皆曾爲母盡孝。

父親想子有宋江之父，史進之父史太公(一回)桃花村的劉太公(四回)等。母親愛子，有史進的母親，竟因史進只愛刺槍使棒，母親說他不得，一氣死了(一回)，李逵的母親，因憂其子的放蕩日夜啼哭竟雙目不見(四二回)，母親的慈愛始終十足表現出來。

兄弟之情除描寫武大郎與武松(二四，二五回)之親熱外，在書中還不多見，但很多的是異身同体的兄弟活動，恰如社會章所言。宋太公對宋江流配江州臨出發時言道：

「孩子路上，慢慢地去。天可憐見，早早回來，父子團圓，兄弟完聚。」

（三五回）這也是一證。

關於友情沒有什麼特別的記述，僅在關勝入梁山泊後要去勸誘敵方大將魏定國降服之時，林冲諫道：

「兄長，人心難忖，三思而行。」

關勝道：

「舊時朋友何妨。」

遂直到縣衙，魏定國接着大喜，願拜投降，同叙舊情，設筵款待（六六回）。

夫婦的愛情，當林冲將發配於滄州的時候，對其丈人張太公言道：

「自蒙泰山錯愛，將令愛嫁事小人，已經三載，不曾有半些兒差池。雖不曾生半個兒女，未曾面紅面赤，半點相爭。」

（七回）。並爲彼女將來着想，擬明白立紙休書時，那娘子聽罷，哭將起來，說道：

「丈夫，我不曾有半些兒點污，如何把我休了。」

一時哭倒，暈絕在地。其後因林冲入梁山泊自殺而死（一九回）。

又被田虎搶掠，貞操被污的宋氏，從高岡投身而死（一〇〇回）。以後朝廷祭祀，並名曰介休貞婦縣君。

據陳氏中國文化史載，婦人貞操，在北宋以後異常嚴正，守節而死者頗多。淫奔的女人，有宋江之妻閻婆惜（二〇回），武大郎之妻金蓮（二四回），楊雄之妻潘巧雲（四四回），盧俊義之妻賈氏等（六〇回）。這些婦人都未得善果而終。要之水滸傳裡描寫的女性，多是一些養漢精，但如宋江與盧俊義等，皆以「不親女色」而著名，所以造成這種結果，男子方面的責任居多。

梁山泊稱女將的女武藝者有三人，一丈青，扈三娘，母夜叉孫二娘，母大虫顧大嫂，且都是女當家的。

其中之扈三娘，原係扈家莊的姑娘，巧使兩口日月刀（四七回），屢次卑視宋江軍勢曾生擒王英。但以後被林冲逮捕送至梁山泊，宋江對她特別優待，竟為父宋太公的義女。按該女與祝家莊三男祝彪結有婚約，祝彪係扈三娘的哥哥，因扈成投降梁山泊，在相送途中被李逵殺死，後經宋江撮合與王英結為夫婦。該王英以前在淸風寨，曾據劉知寨夫人欲娶為妻，當時被宋江釋放，後殺之，不過宋江當時答應決為王英覓一伉儷，為符其前言，乃如此作為。

顧大嫂是孫新之妻，有二三十個男子難以靠身，又孫二娘的父親為武藝者，她也是一個勇猛的女人。

在中國這樣的女性很多，以女教匪等頭目而活躍的，淸朝乾隆時代有白蓮教的齊二寡婦，義和團事變時之翠雲娘等，絕對不是架空之事。

所謂「面皮」或「顏面」即現在所謂的「面子」等文字，也時常出現於字裡行間。當高俅還叫高毬的破落戶時代，投奔一個開賭房的閒漢柳大郎，經柳大郎介紹去往訪開封生藥舖的董家，藉爲安身，但撇不過柳大郎面皮又將高毬轉薦於小學士處（一回），又魯智深在五台山時，因飲酒蠻橫，欲放逐之，但碍於介紹者大檀越趙員外之面，結局把他介紹於開封相國寺等（三回）。又林冲流配滄州途中，魯智深對護送役人，看在林冲之面，饒了他們的性命（八回）。其他在淸風寨計捉花榮時，黃信說道：

「我念你往日面皮，不去驚動拿你家老小。」（三二回），又囚車搭載花榮往青州府護送的時節，花榮要求道「可看我和都監一般職武官面，休去我衣服，容我坐在囚車裡。」（三二回），又在楊雄已知道其妻所作醜事欲殺她的時候有「你看我舊日夫妻之面，饒恕了我這一遍」（四五回）等，以上便是適宜之例

再談談氣字，史進之母因說他不得一氣死了（一回），柴進叔父柴皇城，因花園被高唐州知府親戚殷天錫橫霸，「嘔了一口氣，臥病在床」（五一回）。今日中國人氣死的也有，如利害的神經痛，患病悶死的似也不少。其他戴宗述懷中有「因一口氣，投奔了梁山泊」（四三回），這意味多少不同，可以做爲「負氣」來解釋。又曾弄遣使求和時，宋江

對來使大怒，扯書表示不肯干休，吳用勸道：

「兄長差矣，我等相爭，皆爲氣耳」

(六七回)。這氣字是有出氣的意味。

關於殘虐性在習俗章人肉食裡，也相加說明，又梁山泊軍攻擊祝家莊之時，把村莊「洗蕩」，一村老幼男女一人不留盡皆殺戮(四九回)。如顧大嫂在祝家莊，把應有婦女，一刀一個，盡都殺了(同上)。後世亦有因怨恨故，攻一城時，有「洗城」之說，就是把全市住民殺戮，掠奪共凡有的物資。

滑稽的李逵，處處演其荒唐殘忍的劇。當宋江叱責他的無益殺生時，他竟說道：

「我砍得手順，往扈家莊趕去，正撞見一丈靑的哥哥解那祝彪出來，被我一斧砍了。只可惜走了扈成那廝。他家莊上，被我殺得一個也沒有了。」

(四九回)。宋江又說道：如果再違我的將令，定要斬首，李逵道：

「呵呀，若割了我這顆頭，幾時再長得一個出來，我祇吃酒便了」(四〇回)

又梁山泊晁蓋死後，衆頭目討議立宋江爲頭領時，他在側邊叫道：

「哥哥休說做梁山泊主，便做個大宋皇帝你也肯。」

宋江聞言之下大怒道：

「這黑廝又來胡說，再若如此亂言，先割了你這廝舌頭。」

(五九回)他縮縮脖子說道：

「我又不教哥哥不做，說請哥哥做皇帝，倒要割了我舌頭」

(同上)。

又女人說俏皮話的是王婆，西門慶想勾搭一個漂亮的女人打聽王婆時，王婆道：

「她是閻羅大王的妹子，五道將軍的女兒」(一二三回)。當西門慶打聽那女人幾歲時，王婆道：

「那娘子戊寅生，屬虎的，新年恰好八十三歲。」

(同上)。

此外攻梁山泊之濟州軍團練使黃安，受困於蘆蕩中時，阮家元弟說道：

「黃安留了了首級回去」

(一九回)。

又安定州苦於大旱，知州出告示，以三千貫懸賞募求祈雨者，有喬道清道士應募祈禱。有靈驗果降大雨，禾苗蘇生。但是知州不給約定的金額，只給千貫(九三回)，並且說道：

「先生既有如斯神術，似無用錢的必要。只今本州錢糧不足，故暫把二千貫存在我這裡」

如其說他滑稽，勿寧謂他狡譎。

實際上本傳中，處處使用巧智詭詐。這是本作者的頭腦編纂出來的毫無疑義，但又不是全部，如日本古來傳播的故事也很多。但無論如何的確是描寫詭詐民情的能手，茲把它代表的東西寫在下邊一看便知。

第一例，史家村王四（二回）——

史家村史進，要和少華山山寨頭領等說話，約至十五夜，來莊上賞月飲酒。使善於辞令的莊客王四去請。在他持回書歸村途中，因在山寨貪酒過多，在森林中唾着，其重要書翰竟被獵夫李吉偷去。醒來大驚無策。他眉頭一縱計上心來，自道，倘到史進詢及回書時，我就說他們原想寫回書，我說萬一丟失，被人看見反爲不妙，所以就未寫，只以口頭來覆，一時把這段事情隱匿過去。

第二例，高俅陷害林冲時（六回）——

高俅想法欲加罪於林冲身上。結局知道他愛刀劍，乃把個人的秘藏寶劍取出令人沿街出賣。林冲果歡喜買到手裡，高俅再遣他的手下人特意到林冲家裡說道，聞及你買到寶劍一口，主人欲觀賞之。林冲不知是計，遂持劍赴衙門，這些夫役人等，皆避在他處，高俅忽而出來，認爲持劍入殿中者，毫無疑義，是刺殺自己的，命左右捉起林冲。

第三例，柴進護庇林冲送他出關時（一〇回）——

在滄州草料場殺人犯人林冲，柴進欲送他出關，令他喬裝獵夫，過關所時，柴進對官人道，我這一夥人內，中間夾帶着林冲，你緣何不認得，軍官也笑道，大官人是識法度的，不到得肯夾帶了出去，請尊便上馬。於是便平安的渡過關門，逃至梁山泊，歸途並給看關的官人許多雉兎。

第四例，黃泥岡晁蓋騙楊志等時（一五回）——

楊志奉梁中書命，護送慶祝蔡太師誕生贈物金銀財寶十萬兩。途中在黃泥岡，眼見前邊松林中有人影，認係是賊，仔細一看乃是販棗子的，他們也是出來看看，疑惑楊志等爲盜賊。於是互相放心下去，暫皆歇息，忽有挑酒桶担子的一個男子走上岡來，楊志部人都想飲喝，楊志說道不可，這裡邊或有蒙汗藥亦未可知。賣酒的男子怒惱了。當販棗的客人欲賣時，他並說道這裡有蒙汗藥不賣，結局一担內的一桶被他們喝盡。一個客人把錢還他，一個客人便去揭開桶蓋兜了一瓢，拿上便喫，那酒漢去奪時，這客人手拿半瓢酒，望松林便跑，那人趕將去，只見這邊一個客人，從松林走將出來，手裡拿一個瓢，便來桶裡舀了一瓢酒。那人看見，搶來劈手奪住，望桶裡一傾便蓋了桶蓋，將瓢望地下一丟。這是用計引誘他來喝酒，原來挑上岡子時，兩桶都是好酒，七個人先喫了一桶，劉唐揭起蓋，又兜了半瓢喫，故意要他們看着，只是叫人死心塌地。次後吳用去松林裡取出藥來，抖在瓢裡，只做走來饒他酒喫，把瓢兒去兜時，藥已攪在酒裡。那白勝劈手奪來，傾在桶裡。這個便是計策。

第五例，王婆授策西門慶時(二三回)——

陽穀縣城有財主西門慶，無意中看好了武大郎的妻潘金蓮，懇求隣家茶店王婆撮合，王婆授以計策道：

這個人，原是清河縣大戶人家討來的養民，却做得一手好針線。大官人你便買一疋白綾，一疋藍綢，一疋白絹，再用十兩好綿，都把來與老身。我卻走將過去，問他討茶喫，卻與這雌兒說道，有個施主官人，與我一套送終文料，特來借歷頭，央及娘子與老身揀個好日，去請個裁縫來做。他若見我這般說，不睬我時，這事便休了。他若說，我替你來做，不要我叫裁縫，這便有一分光了。我便請他家來做。他若說，將來我家裏做，不肯過來，此事便休了。他若歡天喜地說，我來做，就替你裁。此光便有二分了。若是肯來我家裡做時，卻要安排些酒食點心請他。第一日，你也不要來。第二日他若說不便當時，定要將家去做，此事便休了。他若依前肯過我家做時，這光便有三分了。這一日你也不要來。到第三午晌午前後，你整整齊齊打扮了來，咳嗽爲號，你便在門前說道，怎地連日不見王乾娘，我便出來，請你入房裡來。若是他見你入來，便起身跑了歸去，難道我拖住他，此事便休了。他要見你入來，不動身時，這光便有四分了。坐下時，便對雌兒說道，這個便是與我衣料的施主官人。虧殺他，我誇大官人許多好處，你便賣弄他的針線。若是他不來兜攬應答，此事便休了。他若口裡應答說話時，這光便有五分了。我卻說道，難得這個娘子，與我作成出手做。虧殺你兩個施主，一個出錢的，一個出力的，不是老身路歧相央，難得這個娘子在這裏，官人好做個主人，替老娘與娘子澆手。你便取出銀子來央我買。若是他是抽身便走時，不成扯住他？此事便休了。他若是不動身時，這光便有六分了。我卻拿了銀子，臨出門對他道，有勞娘子相待大官人坐一坐。他若也起身走了家去時，我也難得阻擋他，此事便休了。若是不起身走動時，這事又好了，這光便有七分了。等我買得東西來，擺在桌子上，我便道，娘子且收拾生活，喫一杯兒酒，難得這位官人壞鈔。他若不肯和你同桌喫時走了回去，此事便休了。若是他只口裏說要去，卻不動身，這事又好了，這光便有八分了。待他喫的酒濃時，正說得入港，我便推道沒了酒，再叫你買，你便又央我去買。我只做去買酒，把門拽上，關你和他兩個在裏面。他若焦躁，跑了歸去，此事便休了。他若由我拽上門，不焦躁時，這光便有九分了。只欠一分光了便完就。……這一分倒難，大官人你在房裏，着幾句甜淨的話兒，說將入去，你却不可躁暴，便去動手動脚，打攪了事，那時我不管你。先假做把袖子在桌上拂落一隻筷去，你只做去地下拾筷，將手去他脚上捏一捏。他若鬧將起來，我自來搭救，此事也便休了，再也難得成。若是他不做聲時，這時十分光了。這時節——十分事都成了。

第六例，張橫暢談揚子江渡舟之事時

（三六回）我便先駕一隻船，渡在江邊靜處做私渡。有那一等客人，貪省貫百錢的，又要快，便來下我船。等船裏都坐滿了，却教兄弟張順也扮做單身客人，背着一個大包，也來趁船。我把船搖到半江裏，歇了櫓，抛了錨，插一把板刀，卻討船錢，本合五百足錢一個人，我便定要三貫。先問兄弟討起，教他假意不肯還我，我便把他來起手，一手揪住他頭，一手提定腰胯，撲通地攛下水裏，排頭兒定要三貫。一個個都驚得呆了。把出來不迭。都斂得足了，卻送他到僻靜處上岸，我那兄弟自從水底下走過對岸，等沒了人，却與兄弟分錢去賭。

此外有時還爲誘徐寧上梁山泊，偷了他的傳家重寶甲冑，把他引出（五五回），及在青州城外引導胡延灼赴陷坑之手段等（五七回），皆是很有興味，因爲過長，只省略之。又用軍時亦多使用權謀策術，因多缺乏眞實性，也不贅述。

次令我等最不了解的性情，茲舉二三觀之。

其一是青州兵馬都管秦明，在清風山遭擒，於是山寨的頭領等在夜裡披上秦明的甲冑喬裝秦明，領兵攻打青州城，燒燬城外民家殺害老幼歸來。慕容知府以爲秦明謀叛，殺其妻子。做夢也未想到的秦明，翌日從山寨放出，返其甲冑，乘自己的馬匹歸青州時，知府緊閉城門罵秦明不忠，槍挑其妻子之首令他觀看。秦明不知原因無法返回清風山，當有宋江，花榮等迎至途中，說明這是他們出的計策，想使秦明爲山寨的頭領而出此一計，要求原諒。秦明雖一時憤慨，但過去便不跟問了，於代其亡妻，把花榮的妹妹嫁給他，終把他收在山寨裡(三三回)。

其二是同樣的例子，鄆城縣節級——獄吏朱仝，因放了雷橫之罪而發配滄州，在那裡與知府四歲的公子混熟，時常領他去街玩耍，購買菓子等類給他吃。盂蘭盆之夜，看地藏寺放河燈時，被雷橫等誘拐而殺之。這也是拉攏朱仝梁山泊的一種手段，他不得已無面歸滄州，便與雷橫取共同行動了。(五〇回)。

其三性質略有不同。宋江赴梁山泊途中，接到弟宋清的父之逝世之報。如此驚悲，冒危險歸村時，父親仍健在。結局是宋太公憂慮宋江入夥梁山泊，乃出此一苦肉策，惟按普通人情來說，兩親若有病時，說是死了那種事情，認爲絕對沒有(三四回)。

再關於責任感的事情，前述之楊志，在護送中之寶物被掠之後，曾決心自殺，探求死的地方，又好好一想，還得活着，務須把賊捉到還算個致勝的方法(一六回)，又他的一幇，照舊回的去，把一切的罪過推在楊志身上，說他與賊徒共謀，强制令他們吃毒酒等

(同上)。

寫得臨死時最了當的，便是無爲軍通判黃文炳，他爲買得江州蔡知府歡心與獲得顯官，遂惹起陷宋江及戴宗於死罪的事件，當他被梁山泊捉住時，僅告道「小人已知過失，只求早死」。在一般來說處於這種情形時，只必予以宥恕，但晁蓋等反而大罵，李逵道「你這廝在蔡九知府後堂，且會說黃道黑，撥置害人，無中生有，攛掇他，今日你要快死，老爺却要你慢死」。如習俗章裡竟用炭火炙來下酒等(四〇回)。

李逵後歸梁山泊，聞得宋江有誘拐劉太公女兒之說，異常憤慨責備宋江。宋江否認，他仍不相信。然後爲正黑白，兩人以頭爲賭。結局乃爲某惡徒僞裝宋江之名明瞭，故李逵遵守約誓欲自刎而被燕青制止，李逵道「好却好，只是有些恐惶，不如割了頭乾淨」(七二回)。

宋江歸順以後，最初討伐大遼出發之時，中書省派官人至陳橋驛帶來酒肉，犒勞三軍，誰想這夥官員，貪濫無厭，徇私作弊尅減酒肉，致與宋江軍人發生口角，軍人一怒而殺死廝官。宋江大驚與吳用商議，結局令兵士自殺，該兵士不出怨言伏死(八二回)。

又其後征方臘時，在烏龍水寨，阮小二心慌怕吃他拿去受辱，扯出腰刀，自刎而亡(九六回)，又方臘側的石寳亦出此同樣的手段，而行自殺(九七回)。這些記事，足以証明了此民族的勇敢性。

愛錢的事情不太多見。如前述王婆之愛西門慶的不義之財，那是最顯然的（二三回），此外也有，但不十分明顯，如王慶在開封膏藥店錢老兒之處，獲得行血湯之藥時之貪財（一〇一回）

魯智深被桃花山邀去時，看不慣頭領等之慳吝，乘其不在時，拿了桌上金銀酒器，拴在包裹逃走（四回）。又楊雄知道己妻不貞，遂誘至翠屏山殺之，把他的釵釧包在包袱內逃走（四回）等，實在是會打算。

第七章 學藝

關於宋朝的學藝，在和田清氏東洋思潮中國之「宋代的思想與學藝」中，是這樣的陳述着：

「漢唐儒學以訓詁爲主，宋儒受佛學尤其中國化的佛教禪學影響，由字句的解釋，置重在儒道精神與窮明哲理，又探究是所謂之格物窮理的萬物理法，尤其是以研究天理與人性爲主眼。故對此謂之道學，性理學或理學，因係爲宋之學問故又曰宋學。」

但在本傳裡的學藝，實不多見。通三教九流的只有兩個人。東平府城兵馬都監董平（六八回）與宋江軍的柴進，赴方臘國僞名活躍時，謂通曉三教九流及諸子百家之學，及其他天文地理等（九五回）。按漢書文藝志有，三教爲儒佛道三教，九流爲儒家者流，道教者流，陰陽家者流，法家者流，名家者流。墨家者流縱橫家者流，雜家者流，農家者流。其他盧俊義能「通今博古」（六七回）宋江「攻經史」（三八回），又寫江州無爲軍黃文炳時。

「這人雖讀經書，卻是阿諛諂佞之徒」。

宋江罵他道：

「你既讀聖賢之書，如何要做這等毒害的事」（四〇回）。不消說此時代讀經書的人，其言行當然與無學之人不同，這是一般的常識。

算學之道，描寫蔣敬的時候，有「精通書算，積萬累千纖毫不差」。

關於詩文，繼前述之「思想與學藝」之後有：

「文學亦受唐代的餘風，北宋時有歐陽修，曾鞏，王安石，蘇洵，蘇軾，蘇轍等輩出，與唐之韓愈，柳宗元，稱爲八大家，就中歐陽修，蘇軾爲詩文兼備的大家」

本傳中詩文很少。高俅雖係破落戶出身，但略通「詩書詞賦」（二回）。端王嗜好書畫（同上），徽宗皇帝是繪畫大家。宋江在潯陽江畔琵琶亭，醉中乘興在壁上寫感慨之詩（三八回）。林冲也在赴梁山泊途中酒店，於白粉壁上書述懷之詩（一〇回）。這壁上題詩，當時似很盛行，如琵琶亭樓上，業有許多題詩，又通判黃文炳，因見宋江爲反詩，認爲有叫江州知府知道必要，從他命酒樓掌櫃不許抹消一點觀之（三八回），可知題詩自由，但也隨意抹消。這些詩中佳作固有，又「歪談亂道的」也是很多（三八回）。

宋江特長之一，是詞曲的流行。詩是向古之樂府變體，起之唐朝，在宋朝尤爲隆盛，在文字上爲文人的玩弄物，同時彈唱時亦用之，曲就是戲曲的發達。

本傳中諷刺蘇州報恩寺和尚不受清規而喪命的曲兒有二（四五回），玆揭其一。

堪笑報恩和尚。

揹着前生寃障。

將差男瞞了，信女勾來，

要他喜捨肉身，

慈悲歡暢。

怎極樂觀音，方纔接引，

蚤血盆地獄，塑來出相？

想，色空空色，空色色空。

又據陳登原氏的「中國文化史」，小說體在宋代也很發達，他說，神怪談在魏晉時代。唐朝作傳奇小說的文語体短篇小說，從宋起便盛用口語体。

文字，有梁山泊秀才蕭讓模倣蔡太師筆法作出僞書(三八回)。蔡當時稱爲宋朝四大寫家，蘇東坡，黃魯智，米元章，蔡京書体皆異常健美。……按此蔡京爲蔡襄之誤歟。蔡襄爲諫政大夫，係小楷草書大家。黃魯直是黃庭堅爲草書大家，又篆刻名人金大堅，也一同被拉赴梁山泊(三八回)。

古字，有伏魔殿石碑之龍章風篆(楔子)，蔡京之僞印玉筋篆文(三九回)，從天降下之石碣蝌蚪文字(七〇回)，這在普通人是不能讀的，有道士何玄通，持出祖先傳來之辞典翻譯出來之事(七〇回)。

上等書簡有花箋紙(四六回)，上有模樣。硯有硯瓦(二五回)，除石質之外，還有陶製，也有鎮紙與筆架(一回)。

最鄭重之信爲親筆，末尾署名，捺上刻有諱名——本名的圖書——印章(四六回)，其次有主文爲他人所書，自己只署名(同上)。但在上之人寫給在下的，不署名也不捺印，但須用雅號，故蔡太師寫給其子蔡知府的書面之印爲「翰林蔡京」因彫刻了舊時的官職與諱名，所以暴露了是僞筆(三九回)。

文書的種類，有公文，家書，帖子(一六回)，平信封皮寫着「平安」二字。反之，凶事的書信當然未有，並且「封皮逆封」(三四回)。又介紹狀「封皮不粘」即開封之習慣。僧侶的書信稱法帖(五回)。

收藏書簡及書類的稱「招文袋」，這袋並裝在褶子前襟中(一九回)。書信有使用飛脚便人(一五回)。也有像快信的飛申狀(三三回)。

皇帝的詔書叫丹詔，用紅紙寫的(一回)，官廳等告示，叫黃榜，用黃紙寫的(同上)。景陽岡受猛虎之害，禁止夜行獨步的榜文，是寫在削去松皮的樹肌上(二三回)。

官衙收領文書，有蔡知府說明蔡太師家中的收書情形，有下邊幾句話：

「但有各處來的書信緘帖，必須經繇府堂裡張幹辦，方纔去見李都管，然後遞知裡邊，便要回書，也須得伺候三日。」

隱語遊戲文字，在江州流行的小兒謠言中有「耗國因家木，刀兵點水工，縱橫三十六，播亂在山東」黃文炳解釋家木必是家頭着個「木」字是「宋」，水工，水邊着工子是「江」，宋江將行組黨在山東反亂的意味，以此來告蔡知府(三八回)。又盧俊義之家壁上有：

「蘆花灘上有扁舟，俊傑黃昏獨自遊
義士手提三尺劍，反時須斬逆臣頭」

取各句的頭一字，解釋爲「盧俊義反」(六一回)。

又因爲漢字文法不完全，往往一字有兩樣的意義，易於誤解。其一例在朝廷招安梁山泊的招安書中有：

「除宋江盧俊義大小人衆故犯過惡並與赦免」本來的意味是：

「除宋江盧俊義等大小人衆所犯過惡外並與赦免」

惟濟州老吏王瑾爲迎合高俅之意竟作如下的解釋：

「除宋江，盧俊義等大小人衆所犯過惡並與赦免」

把宋江除外，以後皆可赦免(七八回)。

又次，中國民族巧於辭令自不待論，曾頭市受梁山泊軍壓迫，當雄將曾弄決降服時，軍師史文恭所寫的書面如左(六七回)。

「曾頭市主曾弄，頓首再拜宋公明統軍頭領麾下，前者小男無知，倚仗小勇，搶奪馬匹，冒犯虎威，向日天王下山，理合就當歸附。無端部卒，施放冷箭，罪累深重，百口何辭。然窃自原，非本意也。今頑犬已亡，遣使清和，如蒙罷戰休兵，願將原奪馬匹，盡數納還，更齎金帛，犒勞三軍，免致兩傷。請此奉書，伏乞照察。」

不認識字的人很多。阮氏兄弟「不通文墨」（一四回），他倆是漁夫乃是當然的事情，魯達是經略府軍官提轄並兼警吏，也不識字，所以他在雁門關的自己逮捕前發呆的站着（三回）。又張橫央人修了一封家書央宋江付與張順（三六回），甚至清風寨劉知府，雖係文官，花榮卻罵他又是「讀書人」又是不識字（三二回）。因此他們這等人寫書翰文件時依賴「門館」先生（三六回）。又有「教學」先生（九五回）。這些兒童私塾叫「書房」先生叫「教授」，又尊稱叫「秀才」，生徒叫「學生」。府縣也有國學，但傳中沒有看到。

古代的書籍皆是筆寫的。木版印刷，始於隋唐，五代以後盛行，至宋頗為精巧。歌謠也可舉出數首。五台山賣酒所唱的歌是這樣的（三回）：

「九里山前作戰場，牧童拾得舊刀槍。
順風吹起烏江水，好似虞姬別霸王。」

又在黃泥岡賣酒者所唱的歌（一五回）。

「赤日炎炎似火燒，野田禾稻半枯焦。
農夫心內如湯煮，公子王孫把扇搖。」

又在孟州張兵馬都監邸，饗宴武松之時，有家妓玉蘭歌唱東坡中秋詩（二九回）。燕青在李師師家裡，天子之前唱的。

「一別家山音信杳，百種相思，腸斷何時了，燕子不來花又老，一春瘦的腰兒小，薄倖郎君何日到，想自當初，莫要相逢好。好夢欲成還又覺，綠牕但覺鶯啼曉。」（八〇回）。

俗謠之類，瓦官寺道人邱小乙這樣的唱道（五回）。

「你在東時我在西，你無男子我無妻。
我無妻時猶閒可，你無夫時好孤悽。」

在前社會章裡，曾舉出瓦子勾欄歌妓唱的有宮調（二八回），呂調（五〇回），曲兒（一九，四八回）等，歌的文句也有這樣（五〇回）：

「新鳥啾啾舊鳥歸，老羊羸瘦小羊肥。
人生衣食眞難事，不及鴛鴦處處飛。」

唱時用象牙製的象板打着拍子。這與渭州酒店金翠蓮父親手拿的拍板（三回）同樣的東西，是四個竹類連結的。

音樂有品竹（一回）之竹笛，端王後之徽宗就是吹宅的名手。又有鐵製的雙鐵笛。馬麟巧吹鐵笛綽名爲鐵笛仙（四〇回）。簫在汴京青樓有燕青與李師師替換演奏之事（八〇回）。琴是調絲（一，四四回），琴與笛合奏叫着吹彈（一五〇回）。

次舉出如言語類的歌謠，在大相國寺菜園，門外有老鴉哇哇的叫，衆人有扣齒的，齊道：

「赤口上天，白舌入地」

（六回）。認爲老鴉叫怕有口舌，那是禁忌的。

謎類之語，在船夫張橫務迫宋江及護送人的時候有：

「要吃板刀麵，卻是要吃餛飩」

（三六回）。若還要吃板刀麵時，俺有一把潑潑也似快刀，我只一刀一個，都剁你三個人下水去，你若要吃餛飩時，你三個快脫了衣裳，都赤條條地跳下江裡自死，也就是前者在船上殺死，後者投江而死的謎語。

又晁蓋等商議奪取蔡中書向蔡太師贈物時，有「軟取與硬取」之說（一五回）。軟取即用痲藥，硬取即殺傷楊志。

這種話在揚子江上之賊間船上，時常聽着「有油水？」，這是獲物的謎語（三八回）。

罵人的言語，雖有種種，但多罵爲下卑。只如「你這廝口邊奶腥未退，頭上胎髮猶存」

等還是上等的罵法。又有：

「口裡七十三八十四只顧嘈」(二〇回)。

其他指人屢次冠以鳥人，鳥漢，鳥賊等。這似乎指鳥類淫亂包含着卑猥的意味，看來多濫用，如李逵之言等，竟有鳥廟(三九回)，鳥斧(四〇回)，又對梁山泊叫鳥水泊（三九回），對天子之位叫鳥位(四〇回)等。就像我們常用的她媽似的。又罵人叫驢的文字也有，如禿驢(五回)，老驢(四一回)等。也有把驢與鳥合起來叫驢鳥(四一回)等，又有罵老猪狗，老狗等（六二回）。其他也有用蠢物(六回)，老咬虫(二〇回)等，鄉談即地方方言，燕青最巧(六〇，八〇回)。可知中國從昔時便有地方的言語不同。又他並是諸行百藝的市語——符牒語與賣物之聲也是好手(六〇回)。

最後本書散見之諺與比喻之物其數很多，茲摘錄其中常見的。

「大虫不吃伏肉」(一回)。

「酒能成事，酒能破事」(四回)。

「人急智生」(五回)。

「隔牆有耳，牕外豈無人」(一五回)。

「火燒到身，各自去掃，蜂蠆入懷，隨即解衣。」(一六回)。

「急來抱佛脚，閒時不燒香」（同上）。
「如捉甕中鼈」（一七回）。
「三十六計走爲上策」（同上）。
「柔軟立身之本，剛强惹禍之胎」（二三回）。
「吃飯防噎，行路防跌」（三〇回）。
「畫人畫皮難畫骨，知人知面難知心」（三四回）。
「不打不成相識」（三七回）。
「人無百日好，花無百日紅」（四三回）。

第八章 衣食住

本書的衣裝，却異常詳細，在這裡茲舉出其代表的。

皇帝服裝沒有描寫。端王踢氣毬時的打扮，乃是唯一的高貴服裝。他頭戴軟紗唐巾，身穿紫繡龍袍，腰繫文武雙穗縧，把繡袍前襟拽扎揣在縧兒邊，足穿一雙嵌金線飛鳳靴——穿着蹴毬靴(一回)。

再富貴的服裝就是柴進，他在遊獵時的裝束，頭戴一頂皂紗轉角簇花巾，身穿一領紫繡團胸繡花袍，腰繫一條玲瓏嵌寶玉環縧，足穿一雙金線抹綠皂靴(八回)。又打聽盧俊義消息時，他身穿鴉翅青圓領，腰繫羊脂玉鬧妝，頭戴鵕鸃冠，足躡珍珠履(六一回)。

官服請看開封金槍班教師徐寧的服裝。帽子沒有寫出。衣服是一領紫繡圓領，官綠襯裡襖子並下面五色花繡踢串，護項彩色錦帕，紅綠結子，雙獺尾茘枝金帶(五五回)。以上是冬服，宋江夏服的打扮，戴着范陽氈笠兒，上穿白緞子衫，繫一條梅紅縱線縧，下邊纏脚絣襯着多耳麻鞋(二一回)。襪子有淨襪，絲鞋——是絹作的鞋(二〇回)。

老人服裝，在史家村史太公之一節，頭戴遮塵煖帽，身穿直縫寬衫，腰繫皂絲縧，足穿熟皮鞋(一回)。

普通人衣服，冬季帽子爲深綠㲲帽，又在范陽氈笠之上，附有紅纓，萬字頭巾，猪嘴頭巾等，有時鬢邊插上四季之花。穿的物件，有綿衣，紅綢襖，黑綠羅襖，棗紅色的綿子之衲襖或秋衣之袷等，冬季在寒地也穿貂皮襖等。夏衣穿遮塵笠子及其他附屬品，與冬季無大差，衣服有白，茶褐，土色，皂色等之衫——單衣(三五五回)。

綿衣是入綿的衣服。書中有清水好綿字樣(一三回)。又衫不全是麻布，草綿即是今日的綿花。然而本傳時代的北宋前後，似乎還沒有一般的衣料。據明李時珍本草綱目稱。

「此種出自南番，始於宋末入江南，今已遍及江北與中州。不養蠶而有綿，不作麻而有布與天下之利莫大」。

由上文觀之，無論如何在元明時代纔盛行的。尤其如本傳之緒言陳述中，時代是在北宋，記載的事實，似自當代以後包含着到明之中葉，所以說是草綿諒亦沒有關係。又據中國文化史按綿花印度爲其原產地，初入廣東，然後經福建始移植於松江。

帶有蜘蛛班紅線，又有使用胎膊，穿着叫做腿絣護膝的脚胖。

靴類，冬季本諸地地方有穿帶毛的牛皮靴，獐皮深靴等，又在雨雪之時，穿油膀靴，油靴等，平常穿八搭麻鞋，絲鞋等。

下賤人的服裝，帽子叫做磕腦兒頭巾，上戴水瓢兒頭巾或無帽，穿短褐袍與茶褐布衫羅衫，又有黑色或雜色的條帶。乞食的服裝是羊皮破衣(六五回)。又在船頭裸身穿着叫做水裩兒(三七回)。獵夫服裝穿虎皮套体的豹皮褲(四八回)。

道士的服裝，帽子是桶子樣抹眉梁頭巾，材料使用烏縐紗，又有戴棕笠，是用棕梠之葉做成的笠。衣服穿的是皂沿邊白絹或麻布寬紗，腰繫的茶褐與雜色絛帶，脚穿方頭青布履或絲鞋淨襪等(一三，六〇回)。賣卜者服裝頭袋紗巾，身穿葛布衫(一〇一回)等。

女人的服裝，不太詳細。頭結雲髻，也有戴冠，或插釵鐶與野花(二六，二八回)，下身有襯衣，裙子，腰袴，上身是襖兒或衫兒，色彩材料，孫二娘穿綠紗衫兒，鮮紅生絹裙，腰有金紐，有裝飾之桃花主腰(二六回)。鞋是繡花鞋兒。

兒童服裝，就有滄州知縣公子小衙內，身穿綠紗衫兒(五〇回)。

絹物類有緞子(一回)，紅紗(四回)，紬絹(二二回)——絹紬，白綾，藍紬，白絹，金花繡緞(六二回)。絲只見有「績纊」(二三回)。但爲麻，爲絹爲綿呢尙不詳細，在那方面都可說得通。裁縫主要是男子的工作。侯健就是「飛針走線」的名手(四〇回)。同時他也是槍棒的能者。除針(二三回)以外，還有解衣刀，壓衣刀子(二〇回)裁刀及剪刀(九七回)。裝衣裳的是柳藤廂子——也叫柳行李(二九回)。也有糊突桶——糊桶(二三回)。

織器有攛梭(九回)。也有布機之物(二三回)。

女子身裝，有釵鐶，簪(二六回)，也有用薄絹製出「像生花」(四回)。其他如「滿頭珠翠」（一九回）使用眞珠與珠玉類爲翠毛。又男子裝飾，少華山頭領鬢傍插「像生花」（四〇回）。漁師阮小五插石榴花（一四回）。女子插在生花直到現在還盛行着，在本書中也多用之。還是插野花的多（二六，四二回）。化粧用姻脂與鉛粉——白粉，有叫「濃粧艷抹」的（四二回）。釧鐲——腕輪也盛行（四四回）。也有把衣服實行薰香（四四回）。結髮男女共行。髮髻（四二回）了髻（六〇回）等便是。

男子頭巾下有巾幘，被覆在頭髻上，其上蓋一頭巾。楊雄歸橫格寢床，潘巧雲先脫鞋，後除頭巾，纔解巾幘（四四回）。

携帶品有細蒲扇（一〇一回），包袱（發端），便袋（一〇一回），胳膊等，又持凉傘（一〇回）不消說也有雨傘。也有簑笠，簑衣。笠是竹皮（九八回）。

食品先就穀物觀之。米有米囤——米倉（九回），孟州牢獄吃的倉米飯（二七回）。又旅客就宿時買米個人煮之。其外麥有打麥場（一回，一〇三回），其他有粟米粥（五回），華北主要食糧的黍，蜀黍類穀物，書中全然沒有。這米字，本來意味是脫殼的穀實總稱，以上似可解釋爲指雜穀類而言，又作者爲產米地南方人，或不懂北方穀物事情亦未可知。從其把北方地名及所在地弄錯來觀也可想像。又因一人一次吃一升飯還不足而須三升（四二回），或三人定下五升觀之，這一升在宋朝似核日本三合八勺，元明朝約爲四合四勺。

飯外多係麵製品，燒餅(五，四八回)，蒸的炊餅(二三回)，饊餅是用麵與糯麵加上油炸出來的，猶如今日的油炸餅(同上)，環餅是以前述述的材料捻成如紐的環釧——腕輪之形的東西(同上)，蒸捲是把淡薄的燒餅捲成捲兒吃的東西(二七回)，又有餛飩(二，三五回)，餶飿兒(一回)，粉湯——圓子汁(三八回)等，麵類有板刀麵(三五回)——切麵，掛麵(四四回)——素麵等(二三，五二回)，粽子(三一回)等，甜物有棗糕(二三，五三回)，花糕(一四回)等，又有裝進粥裡的糕粥(四六回)等。也有點心類(三二回)。

次就副食物觀之，最多是獸肉類，家畜寫出羊，豚，牛，水牛，馬，狗等。其中羊爲最貴重品，農家歡待貴客時纔宰羊(一，四回)。其次是牛(同上)及水牛(一回)，尤其黃牛的脂肉更被珍重(一四回)。李逵在江州琵琶亭怒叫道：

「叵耐這廝無理，欺負我只吃牛肉，不賣羊肉與我吃」(三七回)。

猪即豚，書中不常見，都市地方有專門的肉舖(三回)。要買猪時得去近鄉，把幾頭趕在一處而入圈子(四三回)。肉舖有肉案——切肉台，懸猪肉三五斤，專有刀手，應客人要求切肉出賣(二回)。

狗，在五台山麓酒店，魯智深吃着狗腿返寺(三回)。又軍士的嚴肅規律，不准盜鷄殺狗（一〇八回）。

山寨舉行入山結盟式時，普通是屠牛宰馬（一九，三一回），以此爲犧牲祭祀天帝，其後纔供食用。又供猪羊（三回），或牽牛猪羊三牲。晁蓋與林冲共謀占領梁山泊時，使用黄牛二頭，羊十隻，五口爲供物（一九回）。又戰傷之馬剝皮，做成菜馬（五六回）。此外也時常吃馬肉（三回）。

乾肉，旅行携帶用（五回），也有糟腌（二〇回），腌肉（四四回）等，可知當時也盛行塩醬等來漬的方法。

野獸除有兎（一回）獐（同上）等外，似也有野猪，如野猪林（八回）等地名即可証明。禽類鷄最多（一，三〇，一〇八回），嫩鷄爲珍重品（三回，二〇回），鷄也是爲報時而飼養的（四五回）。鵝有叫釀鵝的，使其食酒粕而肥，味美可口（三，二〇回）。也有炙熟鵝的（二九回），也養家鴨（一九回）。也吃賓鴻（三四回）。

魚類以鯉爲貴，就中金色之鯉味更美（三七回）。鯉的料理法，在琶琶亭有：

「把一尾魚做辣湯，用酒蒸一尾，叫個得切鱠」

（三七回）。鼈亦稱團魚，雖不是上等品物，但供食用卻是事實（三，二三回）。膾魚人也吃。有叫肥酢的，那是魚肉酢漬的（二回）。海味有海産物（八回）。

蔬菜有蒜（三回），葱（三七回），蓮根（一四回），薑，糟薑（二一回），東瓜（三三回），葫蘆(五二回)，芥菜(一五回)等。也有豆腐(一〇，一二回)。又有加料麻辣熝豆腐(三八回)，似與日本油炸菜相同。這與粉湯，素湯等湯汁一同下餐的(三回)。似也吃野菜由「山上求菜」等便知(四一回)。

果物有桃，杏，梅，李，枇杷，山棗，柿，栗(一九回)，橘，白松子，胡桃，梨(二三回)，又有葡萄園及葡萄架子(一七，二七回)。京棗味美(四四回)。濠洲(安徽省風陽縣)是產棗地(一五回)。

飲料第一是酒，普通有白酒，醪酒(一五，二八，三回，七四回)。原料係由黍，高粱，粟等釀成，惟本傳也有米釀成的。白酒之外還有黃湯(一三回)，這黃湯似為清酒。在十字坡孫二娘對武松言道：

「有些十分香美的好酒，只是渾些」

武松道拿來。

「最好，越渾越好」

(二六回)，當時酒裡混水似乎也很盛行。又薊州法華寺和尚道：

「前一日一個施主家傳得此法，做了三五石米，此酒味重」

(四四回)，這可知道當時有種種的釀造法。

江州使用的美酒，有名叫玉壺春酒(三七回)。又用陝西藍河之水製出的藍橋風月美酒

(三八回)。其他有透瓶香酒(二二回)與出門倒之強烈的酒性的東西(同上)。吃酒須有酒肴，沒有酒肴時謂之寡酒(二六回)。其他飲料有漿(二〇回)。似爲甘酒。

酒醉後醒酒時，有醒酒二陳湯(二〇回)，酸辣湯，是由鯉等魚肉加上薑胡椒等製作出來的(三七回)。此外還有加上人的心臟及肝臟等製出來的醒酒湯(三一回)。湯類外還有梅湯和合湯(二三回)等藥湯。

其他飲料有茶兒葉(二三回)，及薑茶(二三回)，薑茶是茶裡沏上薑。普通叫素茶(四三回)，還混入梅肉的梅湯(二三回)。也用冰，有冰窖子(二四回)的藏冰處。

酒之分量單位是「角」。角爲中國古代酒器之名，可容納四升。漢代一升核日本一合強，一人合宜量爲二角左右，故一角似爲四合或五合的樣子。

調味料不常見，有油醬(二回)，也有香椒(一〇回)，其外有醋(一七回)，糟醃肉，菜等漬物也可知使用調味料(二〇回)。又有一種蒜泥(三回)。

食器飲器，有碟，鉢，碗，杓子(四回)，盤(三八回)，炊爨具有竈，鍋，沙鍋(三，四回)，火盆，又有燒餅之熱鏊(五五回)。筷不消說是有之，惟喫肉時，用指拿喫，在民間也很普通。魯智深在五台山麓的鄉鎮，扯犬片股而食之(三回)，李逵也善於用手。食台有春台(三回)飯台(四回)等，上塗黑與朱漆。拭皿與碗時也用抹布(二四回)。

中國設宴款待貴客時喜歡用高等食器，本傳中有「美食不如美器」(三七回之文句)。

買酒多用酒葫蘆（四一，五六回）。林冲從滄州城外某市井酒屋走出時：

「把花槍挑着酒葫蘆，懷內揣了牛肉」

（九回）。情景極爲奇特。

運酒時之酒桶上邊有蓋（三一五回）。酒甕（一四回），靑花甕（三一回），裝上等酒的東西，泥頭是把甕口用泥塗上密閉（三一回），現今之紹興酒就與它同樣。有用杓子往大白盆裡舀，使用酒壺入開水中溫之乃是普通的事情（三一回）。有叫注子的酒壺（一三回）。也使用叫鍾的盃（二〇，二九回）。這些酒器也有用金銀鑲製的（四回）。酒多似儲藏在窖子（三一回）。葫蘆兒也有琉璃製的（二〇回）。這世東西也可使用爲酒器。又有醋鉢兒，是盛醋用的（二八回）。

盛水的有水桶（四回），湯罐是盛開水用的（三〇回），盛茶不用茶瓶，把茶裝在茶鍾，或盞內，銚子注入開水，照舊的放在托子上（四四回）。

其他盛穀物的有栳々，是用柳條編的籠子（二五，六〇回），又盛食物的叫做食籮（二八回）。乞食等有飯罐（六一回）。

買肉用荷葉包之，迄今還在使用（二回）。

居住，都會地方的州縣城，從孟州之例觀之，圍繞土城的城壁上有女墻，城壁兩側通城邊路，外側有濠塹。城門在各處，夜以鐵鎖關閉（四〇回）。城內有叫做觀望台的高閣，亦兼有鼓樓（五五回）。在這裡有叫做更鼓的，初更——由午後八時起——至午前四時止之時，有大鼓報時（二〇回）。

官衙大門叫做班門（五五回），又有戧柱是用金裝飾的柱子（同上），門扉刻畫神荼，鬱壘二神將之像（三二回）。入門是廳，轉過屏風是後堂。然後又有二重或三重之門，圍繞綠色欄杆的空地前邊是大堂，簷懸「白虎節堂」等匾額。此節堂係評議軍機大事之處（六回）。

市中之家樓房很多。樓上繞以欄杆，有樓窗（五回），叫着窗檻或牕檻，附以欄杆（二五，二六回）。也叫檻窗（二八回）。入口之戶上掛布簾或蘆蓆簾（三，五回）。

市中酒樓頗爲豪壯，大名府的翠雲樓等爲三層樓屋子約百間，梁柱都美麗的彫刻着（六五回）。江州潯陽樓之門，也是朱紅門標，彫刻的檐上懸掛着巨大的匾額，樓上有朱漆的欄杆，這也是盡善美之物（三八回）。

地方莊院，即是大農家，占據廣大的地面，周圍繞圍數百棵的老柳，其外還有土墻，白墻粉墻套着（一，四，八，三一回）。樹木多爲垂柳，也有松樹等夾雜在內（一，三一回）。墻外繞以壕，上架板橋，渡過橋便是門（八回）。這顯係一座大規模的城寨。如祝家莊四面圍以大壕，岡上有三層城墻，上堆壓石疊高二十尺。其前後有莊門二，皆有吊橋，有時還可把橋吊上（四六回）。邸宅中的中堂有表屋，後堂有裡屋，客房有客間，草堂在隱居處(一，一七回)。廣場有叫打麥場的(一回)。馬院々中有之(一回)，也有設在外面。往來也有經過角門，門上也有門櫌(三〇回)。簡易之家爲三間草房(二六回)，夏期在岡上及樹蔭等處搭架涼棚(一〇四回)。

家中設備，富貴之家有煖閣，設署火爐子的小屋(九回)。又農家有地爐，焚柴(同上)有火盆生炭火也用火箸(九，二三回)。也有叫做鍁的把子之火鉢(二一回)。……這似乎是叫熨斗的温器。也有土炕，就是今日的炕吧(九回)。

又有儲物藏人的地窖子(二一回)。桌子，凳子，塗紅色油漆(三八回)，也有用桑材製造的(一六回)，也有叫着凉床的椅子(三二回)。

室內模樣，閻婆惜屋裡寫的很詳細(二〇回)。

「本是一間六椽樓房，前半間安一副春台，凳子，後半間舖着臥房，貼裡安一張三面稜花的牀，兩邊都是欄杆，上掛着一頂紅羅幔帳，側首放個衣架，搭着手巾，這邊放着個洗手盆，一個刷子，一張金漆桌子上，放一個錫燈台，邊廂兩個杌子，正面壁上掛一幅仕女，對牀排着四把一字交椅。」

鎖門使用的有肐膊(發端)，鎖(四八回)，鍵，屈戌——錠(二〇回)，其他家具有胡梯，蠅拂子(二八回)。

建築材料，除木料外並使用磚頭，瓦(二八回)等。寺院等屋頂上使用鴛瓦，是一種製成龍形的裝飾之瓦(九七回)。

暑熱之時，民間盛行在樹蔭下舖着蘆蓆飲酒(五回)。

寢具，有牀及床，上掛幔帳。這不是只爲禦蚊用，四季都用之。幔帳講究一些的，有用金絲織成的鎖金帳(四回)，也有使用紅羅的(二〇回)。被有裀(發端)，絮被(九回)，被臥(三七回)等。有錦被(二回)也有繡枕(一〇回)。又伏暑時舖藤簟寢在竹製的凉枕上(二七回)。

燈火有燈台(一回)也有碗燈(二六，五五回)。使用燈心草(四回)。油料似以植物油爲主，又雖也使用動物油，在書中只記載了把人間的肥肉煎油供爲「點燈」使用(一〇回)。這燈是在夜中屋裡使用，在時遷潛伏徐寧宅時，從牕櫺用蘆管把燈吹滅(五五回)。點火以火刀火石(二一，三五回)——使用火打金火打石。

一般就寢前用溫湯洗脚(一七回)。沐浴更是盛行(二一回)寺觀等多香湯浴客(發端)。又在旅邸時也進湯洗脚(六〇回)。朝起洗面用湯，沸湯叫做燒湯(二五回)。

「不多時，那個人又和一個漢子，一個提着浴桶，一個提一大桶湯。請武松洗浴。武松跳在浴桶裡面，洗了一回。隨即送過浴裙手巾，拭了身体。把殘水傾了，提了浴桶去」「朝起只見夜來那個人提着桶洗面水進來。教武松洗了面，又取漱口水漱了口……又帶個篦頭待詔來，替武松篦了頭，綰個髻子，裹了巾幘。」

井的事情。用叫做大篾籠的柳條之籠繫上索子來汲水(四三回)。夜晚就寢前，主人點火把巡視邸宅一週(三六回)。其他還有打更的(三〇回)。起火時担了水桶及鈎子跑去(九回)。又市中發生任何變亂時皆緊閉門戶(四九回)等，當時也與現今相同。

關於庭園書中寫出艮嶽(一〇〇回)。開封城東北即在丑寅方角有附此名的帝室別莊，內有奇峰，怪石，亭榭，池館，外圍以朱垣。這些奇峰怪石，叫做花石，使用太湖石來築山，據傳楊志爲殿司制使官時，道君——徽宗皇帝爲建築萬歲山，派十名制使從太湖宰領花石綱，楊之船在黃河遇暴風沈覆，花石墜河中不得歸京遂成放浪之人(一一回)。花石綱就是運搬花石的船隊。只就是上溯黃河似與事實不符，當時與南方交通，是有叫做汴河的運河，是故乃有從河南河陰縣汴口引黃河水貫流開封城內下連淮水。

關於艮嶽，在青木正兒氏「中國自然觀」裡引用宋之張淏艮嶽記一節如左。

「徽宗初即位，採用方士地相之說，在京城艮方(東北)築土山，後大興勞役，運搬浙江湖州太湖石及安徽宿州靈壁石等，移植天下異木奇花，在其間營造飛樓傑觀，雄偉環麗已極，惟爲時不久，金兵侵入而被破壞。」

最後舉出工藝，先就漆言之，江西龍虎山三清殿，一殿字牌額上用硃紅漆金字寫着伏魔殿(發端)，魯智深於五台山麓市上鐵匠那裡定造禪杖上邊塗漆(四回)，瓦官寺有剝漆的飯台(五回)等，無論建築，或是什器，似多用漆。關於繪畫，有畫匠，乃以描畫宮殿等門，影壁等爲職業(五七回)。又鑄金之事，北京有銅佛寺(六六回)。又圖案之事，據徐寧傳家甲冑的紅羊皮櫃，上部有綠色之雲的如意，中間繡以獅子滾毬(五五回)。在這甲冑櫃中裝入叫做香綿的防虫劑。

再者此時代陶磁器製造發達，景德鎮業已出名，惟本書中未特別描寫。

然後以本章的附錄，舉出疾病及醫療，藥方等。

內科除有風邪，風寒(三六回)，胸痛(一回)等外，尚有虐疾病(二二回)。這似爲熱病。武松在柴家曾患此病，當他當不住那寒冷倚火鍁烤火時，宋江從此過，一脚踏去，把那火鍁踏翻，吃了一驚，驚出一身冷汗病遂痊愈(二二回)。外科，有受杖刑的瘡痛(一○回)等被刀砍傷的刀傷(四六，五五回)疔瘡(三○回)，疥癩(六二回)，癰，疽(六四回)，風癱(九九回)等。其中癰疽之類，覺痛時，雖也能治愈，但若深而赤瘇時，治療便難了。其治法「先把艾焙引出毒氣，然後用藥，外使敷貼之餌，內用長托之劑」(六四回)。又用菉豆粉亦可以護心(同上)。據傳說謊言的人患疔瘡(三○回)。疱瘡湯隆是代表者，全身有麻點綽名叫金錢豹子(五三回)。

醫師有健康的醫師安道全，稱爲神醫(六四回)。其他遠近地方也有醫士，從史家村便知(一回)。又有獸醫一人(六九回)。

「東昌府人氏名皇甫端，此人善能相馬，知得頭頭寒暑痛症，下藥用針，無不痊可，眞有伯樂之才，原是幽州人氏，爲他碧眼黃鬚貌若番人，以此稱爲紫髯伯。」

賣藥有止瀉劑的大和湯(三八回)，止痛劑的行血湯(一〇一回)，宋代是本草學顯然發達的時代，有馬志的開寶本草，嘉祐補註本草，掌禹錫的圖經本草等著述。又調合藥種賣藥的生藥舖到處皆是，也有販賣四川嘉陵產的水銀商人(三四回)。此外還有玩弄槍棒出賣金瘡膏藥的。養生法，有「煮粥，燒湯，看覷，伏侍」(三八回)等，大致與現下之習俗同。

毒藥。潘金蓮陷害武大郎時，聲稱喝的是止痛劑，卻是一些砒霜(二四回)，宋江飲天子恩賜之酒中毒，並與李逵飲之一同死亡，那是鴆毒(一一九回)。鴆係廣東地方所產之鳥——狀似梟鳥，羽色紫黑，赤喙，好食蛇，其羽泡酒中飲之立死，這種鳥也係傳說，實在似未有這種鳥類，商務印書館發行的「動物大辭典」裡也沒有記載。然在物集博士之廣文庫中，引用毒藥之條的律疏

「凡以毒藥藥人及出賣斯物者絞之……以鴆毒，冶葛烏頭附子殺人者亦同」

從此觀之，這鴆毒的名稱，似爲毒藥之一。其他冶葛，似爲野葛——鉤吻。烏頭，附子，山野到處皆是。此外還有曼陀羅花之毒藥。此據本草綱目著者李時珍說。

「此花笑採釀酒飲之可使人笑，舞採釀酒飲之可使人舞……調合熱酒服三錢時，昏昏

如醉，割瘡火炙之先服之，則不覺其苦」

前半係荒唐無稽，後半記載屬實，其中含有麻醉性，漢法外科多用爲麻醉劑。水滸傳中飲裝入蒙汗藥之酒，從其情形觀之，頗與此物効能相近。這不是致命的藥，時間過去可自然醒過來，黃泥岡楊志等搬運金銀一夥，就是受這種麻醉劑的東西。不過若欲早醒時，可使用解毒劑罷了。據明之謝在杭五雜俎「中諸藥毒可以甘草解之，中砒霜可以菉豆解之」還是中什麼用毒時仍可用解毒劑解之。

其外盧俊義呑水銀，成爲如中風之病，誤落川而死(一九九回)。水銀中毒，在今日往往有之，用爲毒藥也是事實。

第九章　經濟

宋朝在神宗時代公布王安石新法，爲中國經濟史上劃期的一時代。有在春季播種期，貸借必要資金，收穫後附利返還的靑苗法，依土地肥瘠規定課稅標準之方田法，其他並有均輸法，和買法，市易法等新法。惟在哲宗之時，因司馬光反對而被廢止，總之，是切實研究民生經濟問題的時代，於馮柳堂氏著「中國食粮政策史」上寫的頗爲詳盡。

然而水滸傳上對於這種經濟關係的敘事頗少。關於農業關係，在衣食住的食品中業已提過，這裡只可就其他言之，陶宗旺的母親是莊家田戶出身(四〇回)，同樣的公孫勝之母，也是自有田產山莊渡其田園生活(四一回)。又柴進赴東莊——東方莊園——去取地租(二二回)。又李逵之兄李達，是一長工，爲豪農的年期勞工(四二回)。開封相國寺使用李逵爲管理菜園人，又張靑在孟州光明寺也管理菜園(二六回)，這顯係在某一定期間交納一定量的蔬菜，另外則爲自己所有，純爲一種包活制度(六回)。又林冲在滄州大軍草料場曾爲馬粮場管理人，每月除去交納一定粮草外，其餘的便爲管理人所得(九回)。這樣的習慣，從早似乎便存在着。

關於商工業，書中時代州雁門縣殷盛狀況有這樣的一節描寫。

「入得城來，見這市井鬧熱，人烟輳集，車馬軿馳，一百二十行經商賣買行貨都有」(三回)。

再看看店舖。

生藥舖(一，五，二三回)。賣肉舖(二，四三回)。油醬舖(三回)。彩帛舖—絲房(二回)絨。綫舖(四四回)。酒店—飯舘子(二，五，九回)。香椒舖(一〇回)。糟醃舖(二〇回)。銀舖—錢莊(二五回)。紙馬舖(二五回)。冷酒店(二五回)。車家(三一回)。當舖(一〇一回)。解庫門—同上(六〇回)。打鐵舖(三，一〇，五三回)。客店(二，三回)。篦頭舖—理髮(一三回)。紙舖(一〇七回)等。

其中酒店尤其殷盛，酒店名目多取經營者之姓，例如潘家酒店(二一回)。樊家酒店(五回)等便是。又酒店用青布製造幌子，如酒旗兒，酒旆兒，青帘，俗稱望子皆是(三，二八，三八回等)。又居在鄉間的酒店，用草帚兒代用望子(三回)。

其他職業有獵夫，專捕兎獐等謀生(一回)。也有羊馬商(四三回)，樵夫(二六回)，賣柴(四三回)等。方臘的尙書王寅，是一個石匠(九七回)。

其他有住所不定而追逐市場行商的糶米客人(六五回)，賣棗(一五回)，賣水銀等(三四回)。這些人稱爲客商，朱貴自述「在江湖做客，捨本，無法乃入梁山泊」(四一回)。

又交易市場，如孟州城外快活林，有河北，山東客商來集，巨大的旅店有百家，銀舖及賭場有二三十家，其繁榮情況由茲可以推知(二七回)。曾頭市也有二三千戶(六六回)，揭陽鎮等也是商業市場(三五回)。

在梁山泊解散時，曾舉行「買市」，於十日內出賣庫藏之金銀珠玉綵緞綾羅之類。地方百姓多數集來，出酒食款待，其價亦以「以十換一」之賤價，都異常歡喜，滯在十日間(八一回)。價格另外決定，也有交易方法，似與拍賣法相似。

也有做私賣買的。投奔晁蓋家裡的人們中有「在山東，河北做私商的一人」(一三回)，又「潯陽江邊做私商的有張橫張順一霸」(三六回)。宋朝政府專賣品有茶，塩，礬三種，其中最重要的是鹽，初期依諸地方有官鹽區與私鹽區，惟至王安石時代全部收爲官賣買，在諸路設置提擧官，鹽商交款引鹽——受領買鹽之票，可往來於產鹽地做鹽的賣買，在淺井虎夫氏之「中國日本通商史」寫的很詳。然私鹽仍始終不見斷絕。日前提及的潯陽江私商，大約就是營這種私鹽的賣買。爲其中同夥之一的李俊便是「棹船江中販運私鹽」的一個確實證據。後世有叫做鹽梟的大規模販運私鹽賊團，便盤踞在這江淮等處，這些賊團直至後來還存在於幾時。

又該書上元末明初前後，鹽場的牙儈——經紀人張士誠，即是以販運私鹽獲得厚利，乃輕財好施頗得人心，遂占據江蘇高郵稱王，繼並攻陷平江常州湖州鎮江，勢威大振，後爲明將徐達等逮捕，以這種經濟的財源發生賊團，堪說是中國唯一的特色。

這牙儈的牙字，是互相或相交的意義，儈是會合的意義，即是會合交易者，就是經紀人。此外有叫做賣牛牙郎的及馬牙人的販賣牛馬的經紀人。本傳雖未有此名稱，但後學的似爲段景住。又「漁牙」在該書——中國日本通商史　雖然未有，但水滸傳裡卻有之。營私商的張橫之弟張順便是，又在這裡也叫做「賣魚主人」。又有手提行秤出來之事，可知魚是用秤稱之而出賣的(三七回)。

漁村生活，在傳中描寫近梁山泊的石碣村阮氏兄弟之處，有這樣的一節(一四回)。

「吳用到得石碣村看時，倚山傍水，約有十數間草房，枯樁上纜着數隻小漁船，疎籬外，晒着一張破魚網…吳用從外叫一聲，阮小二走將出來，頭戴一頂破頭巾，身穿一領舊衣服，赤着雙脚。」

漁場稱漁浦(一一九回)。關於魚市江州濱邊情景，有下邊的一節(三七回)。

「李逵走到江邊看時，見那漁船一字排着，約有八九十隻，都纜繫在綠楊樹下，船上漁人，有斜着船梢睡的，有在船頭上結網的，也有在水裡洗浴的。」

漁船在船尾開半截大孔，被江水在竹之笆篾出入。開艙取魚時，有燒紙的習慣(三七回)其他職業有打銀(三一回)，助產士(一二三回)，樵夫(一二六回)等。又普通沒有羊馬商，專在北邊地方做盜馬的生業，書中段景住便是營這種生業的(五九回)。後來他與楊林石勇去北地買馬，買得良馬二百匹，途中遇見郁保等强奪(六七回)。

當時與海外間似已開始通商了，從書中一二外國之名即可證明。其一是陽穀縣一個破落戶財主西門慶，從武大郎門前通過，忽然有個乂竿卻好落在他的頭上，立住了脚，意思要發作，回過臉來看時，卻是一個妖嬈的婦人，先自酥了半邊，那怒氣直鑽過「爪哇國」去了（二三回）。其二宋江歸順後征討方臘將赴京師凱旋時，水軍頭領李俊，不願再就官途，與童威童貫費四保等一同在楡柳庄製造大船，由太倉港出帆去外國，後李俊爲暹羅國國王，其他也都居高官（九八回）。南洋就是與印度支那及南洋地方之海上交通，從六朝時代便開始，至隋唐時代次第興盛，故廣州以下杭州，寧波，泉州諸港，這些商船出入頗繁。據宋吳自牧夢粱錄云，當時船舶大者可載五千石搭五七百人，中也有載一千石乃至三千石搭二三百人的，又有一種稱鑽風的小型船，備有櫓六根乃至八根，船可載百餘人，依羅針盤航海，所以決不是架空揑造的事情。

市中有行商之類，有買熟食的，如炊餅（二三回），也有步行賣醒酒的湯藥等（二〇回（。也有夜商，在棚車上掛着燈籠「一盞明燈」（同上）。市中也有提籃賣雪梨步行的小孩（二三五回）。也有鳴串鼓出售零雜貨的商人（七二回）。

陸上的交通機關有車馬及轎。

車有太平車（一五回）。車上附有無蓋的圍子，用三四匹牛及驢輓之（五五回）。道路係官道（八回），也有設置叫做鋪馬的驛站制的地方（發端）。馬以北方滿洲蒙古產爲最上等。常盜馬物人的段景住，曾在槍竿嶺北邊盜來一匹名馬叫炤夜玉獅子馬。

「雪練也似價白，渾身並無一根雜毛，頭至尾長一丈，蹄至脊高八尺，那馬一日能行千里」

(五九回)。馬一日能行千里，這形容未免過於誇張了。

人多乘用驢子(發端，一回)。並馱着料袋袱(一回)。

轎有山轎及兜轎(一八，二二回)，有一種煖轎，比較濶綽一點，四圍有牆，內有靠褥(五七回)。

河裡之舟有大小。梁山泊打魚之舟，共載四人，除搖櫓者外，還有一人立在船頭(一九回)。又有樺木製造的樺楫(一八回)，也有使用竹篙的(三七回)。又揚子江上小舟，有叫做快艫的，張布風篷行路頗快(三六回)。牽舟有篾索(一九回)，迄今還可見到。在浙江地方還有一種飛天浮(九九回)。

旅行者出發之日，要沐浴，向祖充位牌堂供香火禮拜(六〇回)。步行則穿草鞋。其耳朶及索兒以麻製成的(八回)。旅宿只租房間，食物得自己預備(二回)。宿費叫做打火錢(八回)。又一人宿店旅館多不收留(六五回)。也有宿帳制度(一七回)。運搬貨物盛在箱籠(二三回)及纏袋或布袋(二六回)，也有裝入土產叫做信籠的東西來運搬的(三八回)。

又有叫做宣牌的關所通行券，上塗紅綠之漆(三八回)。

道路有十字路，三叉路(三一回)，河有板橋(四回)，小徑架獨木橋。又官道每五華里立一單牌，十里立雙牌，也豎立里程表(一一回)。修繕道路架設橋梁，乃爲地方財主的善行(四〇回)。

關於貨幣，據淺井虎夫氏著之「中國日本通商史」稱：

「宋代貨幣種類，有銅錢，鐵錢，交子（紙幣），又銅錢有大銅錢，小銅錢之別，大銅錢有當，三錢，當十錢，折二錢」

小銅錢是一文錢(六〇回)，普通一貫文爲一串，成五貫文便可以繩縛之，担之於肩（一〇三回）。又當三錢一枚可當小銅錢三文，所以在開封州橋畔，牛二爲試驗楊志寶刀，用當三錢二十枚，一垜放在橋欄杆上之事(一一回)。當十錢，折二錢，鐵錢等，本傳中沒有見到。又使用大定通寶(一〇三回)，大定似爲南北朝後梁與北周，金國三代的年號，到底爲何時代之物尚難判明。當時各地方有鑄錢監，盛行鑄造銅鐵錢。王慶在定山堡某賭場，拿他所贏的錢去賭時，輸的那個男子謂該錢有火傷是他輸的(一〇三回)。犯罪人逮捕懸賞金，價值由一千貫到三千貫之間，又上等刀劍價值也是那些數目(一一回)。買路錢是强盜對通行人强索之常套語，價值爲三千貫(三三回等)。交子即紙幣，書中曾以錢而出現(四四回)。據辭源「宋時楮貨之一，執此者可以代錢，創於宋朝」。本傳中有一貫文之鈔，其他金額之物也有。

金，據加藤繁氏「唐宋時代的金之研究」，許多以大價支付贈送報酬地金等。本傳中有梁山泊晁蓋頭領爲酬謝鄆城縣吏宋江救命之恩，命劉唐持黃金百兩之處（一九回）。招聘名醫安道全也持同額之金（六四回）。又清風山頭領對鎮三山黃信要「買路黃金三千兩」（三三回）。這是故意誇其威風。金有蒜條金（一回）。與「黃燦燦的條金子」（二〇回），又有如磚形之金磚（三六回）。又把金子裝在盤中捧將出來的「一盤金銀」（一九回）。這些地方雖只指出金子，但也不能說是沒有砂金在內，銀也使用，還是錠，乃爲棒形的東西。

金子從古便使用，惟使用銀子在春秋以後。銀子在本傳中有白銀（五八回），白金（一八回），花銀是刻有花模樣（一回）及一錠大銀（二五回）。五錠大銀（一一回），錠銀（一〇三回），後世並有如馬蹄形之銀。這似起始於南宋前後（王孝通，中國商業史）。銀在此時代仍爲附物，有「金銀財寶」盛在其中（二五回），又以貨幣而通用之，如武松上街買物時「身帶些許銀兩……赴縣前求買米，麻，椒料其他等」處（二五回），又有與錢交換之銀舖（同上），也有兌坊（二八回），那裡備有等子（一〇一回），兌換費一貫約二十文左右（一〇三回）。普通人贈禮爲五兩，十兩，婚事等爲二十兩（四回），又也有贈與五十兩（五八回），百兩（一回）之謝禮的。食器飲具等不少爲金銀製（四回）。其他賭場等，也可以銀錠抵擋，作一時的借貸（三八回）。

押物舖叫做解庫門（六〇回）也叫做當舖（一〇一回）。有椿主，管帳等掌握店中一切。

第十章 法律

據瀧川政次郎氏「中國法制思想」，在中國古典最初看到的法律，係在尚書舜典及大禹謨中，以後陳述的五刑便是從此開始，也有故意與過失之區別，即所謂的「刑者在期無刑」，又周禮上也有名譽刑的規定，那是即充溢着新的法律思想。

本傳中被視爲的法律思想，陽穀縣知縣對武松說道：

「你也是個本縣都頭，不省得法度？自古道，捉姦見雙，捉賊見贓，殺人見傷」

又獄吏亦對他說道：

「都頭，但凡人命之事，須要屍，傷，病，物，蹤——五件具全，方可推問得。」

（二五回）。

裁判制度引用前述「法制思想」中之唐之獄令。

「在京諸司發生之罪犯，徒刑以上者送交大理寺，杖刑以下者由當司決之，在州縣發生之罪犯，縣爲初審，杖刑以下者自行其刑，徒罪以上者由縣下判決而不行刑，具一件書類交上級審之，州只行刑徒罪，流犯之罪下判决而不行刑，具一書類送交尙書省刑部，執行死刑，古來極嚴重，在京原則上須覆奏五度，在外須覆奏三度，經勅令後始行之……」。

本傳中對於此等手續等沒有太詳細明的記述，大体似循踏唐制。又該書有：

　又在此時代，有叫做洗冤錄之醫學書及叫做棠陰比事之裁判實話集名作，在法律運用上盛行實証明研究，頗值注目的事實。

法律或法制，在傳中叫曰「法度」。邊業舉出「不省得法度？」之句，另外各處也層次見到（六，七，二五回）。又有「處決」之語出現（七回）。刑爲尚書中之五刑，爲墨，劓，剕，宮，大辟，隋以後以笞，杖，徒，流，死爲五刑。笞是以小荊或竹板拷打之物，杖係以銅棒叩問之物，徒是役使於地方驛站等之奴僕，流是遠流，死爲死刑。

　在本傳中看到的杖杖刑，流形及死刑，其中杖刑與流刑是併用的。同時並附加古代五刑之一的墨刑。尤其是墨刑這時代爲防止其逃亡，說是對兵士及一般人盛行之制度也無不可，所以流刑者既已充當邊防軍務，即必施行，或許不叫做刑罰也未可知。然本傳中注釋是「原來宋人，但是犯人，徒流遷徙的，都臉上刺字。怕人恨怪，只喚做打金印。」（七回）。

　然後有以携利刃侵入殿帥府之罪的禁軍教頭林冲，脊杖二十後，成了「遠罪軍州」起滄州之流罪，刺了面頰，頭上枷釘了一面七斤半團頭鐵葉護身差人護送（七回）。此係高太尉的謀計，欲以暗殺自己未遂處以死罪重刑，但有一個喚做孫佛兒名叫孫定的鯁克孔目，說得滕府尹，結局以持兇器闖入罪而處以比較輕的罪(七回)。這罪名在唐之衛禁律是相當重罪。

孔目孫定以譏嘲府伊窺視高太尉鼻息而揭穿他的優柔寡斷，孫定道：「這南衙開封府，不是朝廷，是高太尉家的」描寫孫定頗是一個痛快的男子(同上)。這裡邊似有作者的憤世思想與正義觀念等參雜着。

開封府中有潑皮牛二，因對楊志撒潑，被楊志殺死，他投官衙自首，因牛二家沒苦主，又因除了街上害人之物，官府同情以「誤傷人命」之罪，把他脊杖二十刺了兩行金印，迭配北京大名府留守使充軍(一一回)。

其後爲其兄武大郎復仇殺其不義之嫂的武松，較前述之二名犯人加重，脊杖四十，但因衆人同情只以形式的杖刑完了，也刺了兩行金印釘了七斤半鐵枷，處以二千里外孟州安平寨牢城之流刑。這是故殺罪(二六回)。對於姦夫淫婦，該當重罪，因其已死遂不論罪，又貪錢作此媒人的王婆以「唆令男女故失人倫」之罪，處以凌遲重刑。這在瀧川氏的「[illegible]制思想」中云：

「儒教主義刑法，是以懲戒爲目的，故加其謂置重於犯罪結果勿寧謂置重於動機，中國刑法不以教唆犯爲從犯，乃認爲首犯，故有此也」

[illegible]述之罪相符。

殺死不義之妾的宋江，雖一時逃走，惟後遇立太子大赦，乃成自首形式，此也決定爲故殺，故脊杖二十刺了金印流配江州(三五回)。對於隱匿宋江之父及其弟等別無論罪。這也與唐之名例律「限於近親未有謀叛之罪，不能構成互相隱蔽其罪之罪名」相合。但是親近以外者若隱匿時，則與犯人同罪(二一回)。

又「比捕」之事，犯人逃走之際把其兩親兄弟逮捕究問其行方之方法也有。前述把宋江隱在家裡命朱仝逮捕時，朱仝曾歸縣報告，本人不在，父親患病睡着，弟外出，誰也沒帶來之處(四二回)。

又無論犯了任何罪過時，不只把近鄰召喚爲證人，有時還受罰。例如魯達擲殺鄭屠事件，犯人逃走。

「捉了兩家隣舍並房主人，同到州衙廳上。回話……又拘集鄭屠家鄰右人等……本地方官人並坊廂里正，再三檢驗已了，原告人保領回家，隣右杖斷有失救應，房主人並下處隣舍，止個不應，一干人等疎放聽候」

(二回)。這是表現了隣保向共同責任觀念之一。

再者日前提及的楊志，在開封市中，斬殺潑皮牛二之際，對瞧熱鬧的人們說道：

「洒家殺死這個潑皮，怎肯連累你們，潑皮既已死了，你們都來同洒家去官府裡出首。坊隅衆人慌忙攏來，隨同楊志，徑投開封府出首。正值府尹坐衙，楊志拿着刀，和地方隣舍衆人，都上廳來，一齊跪下，楊志親述個人的往歷及殺人顚末，要求衆隣舍見證，衆人亦替楊志告說，分訴了一回，衆隣舍都出了供狀保放，隨衙聽候當廳發落」(一一回)。

又在武松殺嫂與西門慶赴府衙時之一節「武松押那王婆在廳前跪下，武松跪在左邊，婆子跨在中間，四家隣舍跪在右邊，行兇刀子和兩顆人頭放在階下。……檢屍後，叫取長枷且把武松同這婆子枷了，收在監內，一干平人，寄監在門房裡……其外並招呼西門慶妻子等，本件係重大犯罪，因須由縣送府，往府調查完了，縣吏須來自回縣去了，四家隣舍。寧家聽候，本主西門慶妻子，留在本府聽候(二六回)。

檢屍是仵作，在這裡一氣說出相官，里正等檢屍須明白塡寫屍單格目呈堂立案（二二六回)。

傳中流刑地有沙門島地方(一六，六一回)。據辭源「在山東蓬萊縣西北海中，宋時流放罪人之地，有五島相聯屬，海市現滅多在其上」。似指渤海灣中廟島羣島。

護送之人叫做「防送公人」或「監押」，携水火棍——三尺棒(八回)。宋時規定途中宿店，護送斯等囚徒不收房金（同上)。但是飲食却是自辦，許多場面多是囚徒招待，或在一處飲酒。如武松流放孟州，宋江流放江州時，防送公人等，幾乎每天好喫好喝，有錢的可像隨人那樣使用他們(二六，三五回)。

在開封殺死牛二的楊志，至大名府時，有天漢，州橋巨商等，招待當人與公人於一處酒店中，且把銀錢送與楊志及公人，求公人途中照顧一切。又柴進等士豪，也留這些流人，勾留幾日賜與金物（八回）。

從判決死刑觀之，把王婆由陽穀縣送往東平府，陳府尹又向省院送公文要求「詳審議罪，」然後由刑部官上呈省官院，議定其罪犯。其判決文叫做「朝廷明降」，並向本人讀了判決文（二六回）。執刑在府州行之，縣不執行（同上，三五回）。此大致與唐代獄官令相同。

本傳中的死刑囚犯，除王婆外，尚有宋江，因其在江州潯陽樓壁書反詩，被問謀反罪，同時對庇護之戴宗典獄，亦以幫助罪，同宣言爲死刑（三九回）。這樣謀叛罪得「就地正法」，勿須覆審上司，現地處決，盧俊義結托梁山泊之罪，放流沙門島途中，燕青殺死護送公人謀逃，亦被判死刑（六一回）。其外公然擧叛旗之田虎（一〇〇回），王慶（一〇八回）方臘（一一八回）等，當然被處爲凌遲之罪。

死罪執刑得選擇日子。宋江，戴宗臨刑之時，有當案黃孔目，與戴宗很好，却無緣便救他，只替他叫得苦，後爲圖與戴宗少延殘喘，當日稟道：

「明日是個國家忌日，後日又是七月十五日中元節，皆不可行刑，大後日亦是國家景命，直至五日後，方可施行」

(三九回)。又死刑遊行市中，有公衆觀看的制度。行刑當時情形：

「早辰先差人去十字路口，打掃了法場，飯後點起土兵和刀杖劊子，約有五百人，都在大牢門前伺候。已牌時候——午前九時，獄官稟了知府，親自來做監斬官。纔把犯繇牌呈堂，當廳判了「斬」字，便將片蘆席貼起來。

一方罪人，又將膠皮刷了頭髮，綰個鵝梨角兒，各插上一朶綾子紙花，驅至青面聖者神案前，各與了一碗長休飯，永別酒。然後由獄卒推擁出牢門赴刑場。

午時三刻——零時四十五分，監斬官騎馬而來，下命執行，兩勢下刀棒劊子，便去開枷，執定法刀」

(三九回)。盧俊義在大名府處刑之場面，亦略相同，茲把以前所沒有的補之如下：

「石秀在酒樓上飲酒時，坐不多時，只聽得樓下街上熱鬧。便去樓窗外看時，只見家々閉戶，鋪々關門。酒保上樓來道，樓下出人公事，快算了酒錢，別處去迴避。又不多時，只聽得街上鑼鼓喧天而來。十字路口週廻圍住法場，十數對刀棒劊子，前推後擁，把盧俊義押到樓前跪下。一人拿着法刀，一人扶着枷梢，亦讀犯罪牌，衆人齊和一聲」

(六一回)。

又王婆行刑時之情形。

「把這婆子推上木驢，四道長釘，三條綁索，東平府尹判了一個字「剮」。上坐，下抬，破鼓響，碎鑼鳴，犯繇前引，棍棒後催，兩把尖刀舉，一朶紙花搖，帶去府市心裡，喫了一「剮」（二六回）。

這種凌遲極刑，對方臘及其叛徒亦實施，先斷其四肢，次抉其咽喉，極為殘酷，唐律未曾見到，是由宋神宗前後開始的，乃對大逆謀叛者及殺其親等所行之重罪。

本傳中的凌遲，李固與賈氏場面有「割腹抉心」（六四回）。梟枷有把王慶拉到街中處以斬首之刑（一〇八回）。

又處刑之時須裸體（三九回）。又運囚車似亦規定裸體（三二回）。又有頭戴紅絹，紙旗上插着寫的「清風山賊首鄆城虎張三」等習慣（三三回）。

輕罪之際，普通受杖刑之後，在熱鬧地方釘上首枷，這叫做號令。此顯係具有名譽刑的觀念（五〇回）。

審訊時也行拷問。多用籐條或批頭等拷打（二九回）。在拷打前並以冷水潑腿（六八回）。宋江在江州府被拷問時，曾「連打五十下」（三八回），並造招狀（二六回）。牢獄內有有單身房（二七回），女監（一七回），及提事司監死囚牢（二六回），未決監（同上），土牢（二七回）等，又有祭祀堯舜時代獄官皐陶的天主堂（七，二七回）等。流罪者入牢時，得打殺威棒一百杖，這是宋太祖規定的舊制（八，二七回）。新入囚徒為減輕或免去，有向獄吏用錢賄買之習慣(同上)。若不肯用錢時，或以繩縛蓆捲逆豎於壁，謂之吊盆，或以黃河口袋壓之，謂之土布袋，使犯人受私刑而死(二七回)。倘把獄吏使得痛快，可以不在牢內受帶鐵鏈之苦，或外出汲水，或作砍柴等工作，這是「人間天上」(同上)。

也許這是牢城營內限於優遇之時，可自由外出。也容許在酒店內酒食。也可自買食物自炊(七回)。若不則與「兩碗乾黃倉米飯」，即是黃色陳米飯(二七回)。證人等臨時留置時得在門房(二六回)。

獄吏如政治章所載的，有管營，院長，差撥，孔目，牢子等。本傳所表現的下級官吏概同情囚徒掩蔽上官優待囚徒。這也證明了中國社會及民情的一部。

刑罰之風一變，上官對警吏命其逮捕犯人定有日限，倘屆期未捕到，有處以杖刑叫做「杖限」制度。嚴酷時並有處以流刑者又。逮捕犯人懸賞，由壹千貫逮三千貫(二，九回等)。這告示謂榜(二回)或叫做海捕文書(二一回)。

大赦之事傳中也有。全國疫癘流行時(發端)，祭祀南郊時(一回)，皇太子冊立祝典之際(三四回)等，輕者免罪，重者刑減一等。

地方大家也有法度，這是屬於私刑。林冲在柴家東莊酒醉橫暴倒於雪中時，被百姓等綁縛高吊在門樓下，用薪棒亂打(一〇回)。又楊雄，石秀，時遷三人赴梁山泊途中，在祝家莊入口旅店，當石秀說道與你些銀兩，回與我一把朴刀用，如何？時主人道：

「這個却使不得，器械上都編着字號，我小人喫不得主人家的棍棒，我這主人法度不輕」（四五回）。當時民族部落中，對本家的一種制裁法，又有强力者，也可隨時召使家族及僕役，具有生殺與奪之權。

第十一章 武藝 附軍事

武藝的代表有十八般。在本傳中解釋是能操如次的十八種武器(一回)。

矛，鎚，弓，弩，銃，鞭，鐧，劍，鏈，撾，斧，鉞，戈，戟，牌，棒，鎗，扒。

然也未必一定。明代謝在杭著之五雜俎上是這樣的寫着。

武藝十八般且有白打一種……但只用於戰場，雖然未必皆利。河南少林寺拳法，天下無敵 其僧遊方者，皆數十人……」

白打不是用武器來鬪，乃是拳法。所以依諸時代，十八般兵器的內容，似乎不同。水滸傳的人物中，精於拳法的很少。只有武松一人，在景陽岡打虎時，及在快活林酒店打倒蔣門神時，描寫得十分動人(二八回)。

「說時遲，那時快，武松先把兩個拳頭去蔣門神臉上虛影一影，忽然轉手便走，蔣門神大怒，搶將來，被武松一飛脚踢起，踢中蔣門神小腹上，雙手按了，便蹲下去。武松一踅，踅將過來，那隻右脚早踢起，直飛在蔣門神額角上，踢着正中，往後便倒。武松追入一步，踏住胸脯，提起這醋鉢兒大小拳頭，望蔣門神頭上便打。原來說過的打蔣門神撲手，先把拳手頭虛影一影，便轉身，却先飛起左脚，踢中了，便轉過身來再飛起右脚，這一撲有名，喚做「玉環步，鴛鴦脚」

這種飛脚是拳法之一，據說日本柔道亦起源於此。李逵亦通拳術。在高唐州捉殷天，錫時以「拳頭脚尖一發」而將其打死(五一回)又蔡福綽名叫鐵臂膊，似乎也是精於斯道的人物(六五回)。敗於武松的蔣門神，也是相撲名手，惟拳法稍弱。相撲在習俗章內業已載述。茲不再入武藝章中。

前述之武藝十八般全是使用武器，惟這些武器的使用，迄今已多失傳。但現在對於古語仍有以他的意味而使用的。如現在之銃便是。這已成了手斧，但與手斧相異之處在那裡却不詳細。據辭源云「斧穿也，謂受柄之處，今借用為火器之名」。便是一個顯然的例子。其他刀劍類也多借用，又有把朴刀叫做扑刀的。其長短僅為丈長，故其先頭着以刀庫，這是用於切倒對手的，似與日本薙刀相類似，要之刀身是狹長的。此外有靑龍刀(六九，八七回)。這是從朴刀分出來的，刀頭分為兩股，似為裝飾以東西(六九，八七回)。腰問納在刀鞘內挿在腰間，刀尖較手為廣，是遊俠所帶之刀式，傳中常見到的滾刀，滾刀不詳(五四，五九回)。

此外還有大桿刀(一回)，尖刀(五回)等種類，由原料來說，白鐵刀(一一回)不是上等貨，鋼刀(七五回)纔是利刄。又稱鑌鐵刀(二七回)，雪花鑌鐵刀(三〇回)，是用西番羔的好鐵打製的。其他還有解腕刀(二五回)，三十斤潑風刀(九〇回)，三尖兩刄四竅八環刀(五四回)等。也有使用日月雙刀(四七回)的兩刀。劍有喪門劍(三二回)，松文古定劍(五三回)等，松文是紋樣的花紋。刀與劍區別不太淸楚。劍是兩邊有刄中間有脊，也有前述那樣的兩刄刀，飲馬川山寨主裴宣使用雙劍(四三回)，則與前述的扈三娘使用之得意日月雙刀似乎相同。

試驗刀劍的銳利方法，楊志在汴城內出賣傳家寶刀時，曾這樣的解釋過：

「洒家的，須不是店上賣的白鐵刀，第一件砍銅刀鐵，刀口不捲，第二件吹毛得過，第三件殺人刀上沒血。」(一二回)

其次鎗與棒並用，時有鎗棒名出世。鎗有花鎗(一〇回)，黑桿鎗(六六回)，梨花鎗(九三回)，白點鋼鎗(一回)等，渾鐵筆管鎗(四三回)，似全部都是鐵製之管鎗(同上)。苦竹鎗(一六回)，似係所謂的竹鎗。又棗木槊(五四回)，爲先端之穗很粗的鎗。飛鎗(六九回)及標鎗(五八回)則係投擲之鎗。兩裝飾朱紅之纓，叫做纓鎗(三三，三六回)。屋內有掛鎗的鎗架(一回)，又騎馬之時，鞍之四隅之環插鎗。

棒有水如棍(八，三六回)，哨棒(三二回)，棍棒(三三回)等，又有叫做狼牙棒(三三回)及狼牙棍(四七回)的，其一端爲巨大的橢圓形，上植無數之刺。又有在棍棒之頭附有如堅木之蒜頭的骨朵(五八回)，也有鐵棒(四九回)。

矛戟之類，有丈八蛇矛(四七回)，是一丈八尺長。這也稱呼鐵槊(六八回)。又有叫方天畫戟(三四回)，上附有豹尾及五色之旛(同上)。

弓箭，有常使用的硬弓(四七回)，與輕快的輕弓短箭(六三回)。又有用泥金畫着鵲繪的細弓(一〇，三四回)。箭上誌射手之名，曾頭市史文恭射晁蓋之箭便是(五九回)。又係毒箭(同上)。弓是裝在飛魚袋裡，箭是插在走獸壺中。飛魚赤獸都是繡的模樣。也使用弩。形容連發之箭謂之「如蝗」(一九回)或「如雨」(四六回)。有時也稱連珠箭(六二回)。

盾叫做遮箭防牌或遮箭牌，正如其名稱相同是防止箭矢的(一二回)，有叫做蠻牌的盾，是防刀劍靠身的。據傳外夷還善用一種圓盾(五九回)。

鞭也係武器之一，有虎眼竹節鋼鞭(四七回)，水磨八稜鋼鞭(四五回)·雙鞭(五六回)等。雙鞭左手重爲十二斤，右手爲十三斤，用兩手揮舞(五四回)。鐵刀似也與雙鞭同(一〇八回)。

斧有大斧及板斧等(七五回)，也有使用雙斧。這與使用兩刀之意相似(六一回)，「水滸傳演義」插繪有黑旋風李逵右腰夾着兩把大斧。又有叫做金刀斧的大斧(同上)。

鏈有銅鏈(一三回)也有鐵鏈(四七回)。

鎚有鐵鎚，飛鎚(四七回)與鐵爪鎚(五三回)。鐵爪鎚爲爪形，重三十斤，舞起來猶如槍彈(五三回)。

鐗(一六回)，又叫留客住（一九回），也叫五段叉。此外本傳中還見到的有扒即撓鈎(四五回)，鈎刀(五三回)等。

不在十八般武藝內的有飛叉，飛刀(四六，五八回)，手裡劍即爲其一，百步取人，背中插的只少有八口至二十四口(五八回)。

又石子也可爲很好的武器。把可手的石子裝在錦囊中出陣打倒敵人(六九回)。叫做鷄卵石的便是(五六回)。

最令人注目的就是已有礮了，最初在防備梁山泊與二龍山的時候便有叫做砲石的。這從前後關係觀之，似乎是以機械飛出石子去，這種東西似創於漢朝，後漢書袁紹傳等業有明白記載。防備淸風寨，寫出火礮火箭(三三回)，據陳登原氏中國文化史稱。

「宋朝火器進步，宋史魏勝傳有礮車在陣中施火之記述……由南渡前至北宋時代即已實行」。

又據辭源云：

「南宋末，元西域人亦思馬因與阿老瓦丁所造大礮攻襄陽，是爲中國戰事用火砲之始」。

由此觀之，北宋是否已有尙難確定，但至少已知道南宋時代業使用了。

本傳中可見到的有風火砲(五三，五六回)風火轟天砲(六五回)，火炮鐵砲(五四回)，砲石(同上)等，其說明如左。

「久聞東久有個砲手凌振，名號轟天雷，此人善造火砲，能去十四五里遠近，石砲落處，天崩地陷，山倒石裂」

這不消說是使用了烟火藥料。砲有三種，第一是風火砲，第二是金輪砲，第三是子母砲，按子母砲是「一個母砲，周圍安置了四十九個子砲」(五六回)。

又有叫做鐵葫蘆的內藏硫磺，焰硝等五色烟火藥料，用口導火或點火種投出，看來猶如今日的手溜彈(五三回)。又有火箭(三四回)。這箭的先頭，附着松香等引火物，用火燃着射人。又有雷車(八七回)火車(一〇回)等，車上堆積些乾柴，加添硫熿焰硝，點火來苦惱敵方。此外也有戰車，驅逐兵卒去攻敵方，其構造不詳(一〇八回)。

以上之烟火藥料，東京(開封)似有販賣店(五五回)。

甲冑。甲是鎧，冑是盔或盔頭，盔用銅鐵造成種種形樣。李應之鳳翅盔，係覆有雉等之鳥毛(四六回)，單廷珪是渾鐵打就四方鐵帽，爲一全部是鐵造成的四角之物，頂上並有一顆黑纓(六六回)。又魏定國戴的是朱紅色綴嵌點金束髮盔，頂上垂着許多長短的赤纓。也有只露出兩眼的盔，連環馬一節，就是這樣的盔(五四回)。又有代替盔的使用叫做幞頭的烏帽子，用紅黃羅做的包頭(一五四回)。

甲，主要的有鐵甲與熟皮馬甲(五四回)。

史進迎擊少華山首領時，身披朱紅甲，前後附有鐵之掩心(一回)。山寨副頭領陳達，亦披裹金生鐵甲(同上)。李應穿黃金鎖子甲，前後有獸面掩心(四六回)。孫立是烏油戧金甲，呼延灼是烏油對嵌鎧甲。同為象嵌的(五四回)。單廷珪是重疊的熊皮甲(六六回)。又下衣有戰袍，上衣有征袍，是紅，黑，青，綠之羅作成的，也有穿着用錦花模樣作成的禿袖。靴有弔墩靴，先頭是彎曲的(一回)，也有穿牛皮靴(四回)，雲跟靴(六六回)等。

兵士等穿着簡單的黑背心，前邊寫的其所屬的文字。祝家莊兵士寫的「祝」字便是，與日清戰爭當時的兵服同樣(四六回)。

馬的武裝，紅纓面具，飾以銅鈴雉尾(五四回)，連環馬只露出四蹄，外都披覆馬甲(同上)。又鈴鐺以外也有繫掛珂珮等玉類使其作響(五一回)。

又沒有戰事以前，須作一次比武。在開封殺死潑皮牛二的楊志，流配於大名府，留守司梁中書，知道他的武藝超羣，想任為軍中副牌。然其手下誰也不知，若突然任命，恐部下不服，軍政司下令，命大小諸將等齊集東郭門外教場，舉行比賽武藝(一一回)。

「次日天曉，時當二月中旬，正值風和日暖，梁中書早飯已罷，帶領楊志上馬，前遮後擁，往東郭門來。到得教場中，大小軍卒並許多官員接見，就演武廳前下馬，到廳上正面撒着一把渾銀交椅坐上。左右兩邊，齊臻臻地排着兩行官員，指揮使，團練使，正制使，統領使，牙將，校尉，正牌軍，副牌軍，前後圍圍，惡狠狠地列着百員將校。正將台上立着兩個都監，一個喚做李天王李成，一個喚做聞大刀聞達，二人皆有萬夫不當之勇，統領着許多軍馬，一齊都來朝着梁中書，呼三聲喏。卻早將台上豎起一面黃旗來。將台兩邊，左右列着三五十對金鼓手，一齊發起擂來。品了三通畫角，發了三通擂鼓，教場裡邊誰敢高聲。又見將台上豎起一面淨平旗來，前後五軍一齊整肅。將台上把一面引軍紅旗麾動，只見鼓聲響處，五百軍列成兩陣，軍士各執器械在手。將台上又打白旗招動，兩陣馬軍，齊齊都立在面前，各把馬勒住。梁中書傳下令來，叫喚副牌軍周謹向前聽令。右陣裡周謹聽得呼喚，躍馬到廳前，跳下馬，插了槍，暴雷也似聲個大喏。梁中書道：「着副牌軍施逞本身武藝」，周謹得了將令，綽槍上馬，在演武廳前，左盤右旋，右盤左旋，將手中槍使了幾路，衆人喝采。梁中書道：「叫東京撥來的軍健楊志」楊志走過廳前，唱個大喏、梁中書道：「楊志，我知你原是東京殿司府制使軍官，犯罪配來此間。即日盜賊猖狂，國家用人之際。你敢與周謹比試武藝高低？如若贏得，便遷你充其職役」。……梁中書叫取一匹戰馬來，教甲仗庫隨行官吏，應付軍器，教楊志披掛上馬，與周謹比試。楊志去廳後把夜來衣甲穿了。拴束罷，帶了頭盔，弓，箭，腰刀，手拿長槍，上馬從廳後跑將出來。兩個勒馬在門旗下，正欲出戰交鋒，只見兵馬都監聞達喝道「且住」，講兩個比試武藝危險，可將兩根槍去了槍頭，各用氈片包裹，地下蘸了石灰，再各上馬，都與皂衫穿着，但是槍桿廝搠，如白點多者當輸。」

「兩個鬬了四五十合，周謹上衣恰似打翻了豆腐的，斑斑點點」再傳下命令比箭。楊志博得大勝，於是正牌軍索超衝出，願與楊志比武，結局未分勝負（一二回）。此時，梁中書起身，走出階前來，從人移轉交椅，直到月台欄干邊放下，喚打傘的撑開那把銀葫蘆頂茶褐羅三簷涼傘來，蓋定在梁中書背後。這也是軍容之一（一二回）。戰時陣容代表的有「旗旛對刺，戰鼓亂鳴」等（六三回）。旗有九曜，是由天地人三才，日月火水木金土及羅喉，計都二星構成，也有表現東西南北與中央五方，四方七星二十八宿的大袈裟。也有上誌玄武，朱雀，青龍，白虎星斗的黑，赤，青白之色旗（七五回）。

其他杏黃旗上標榜「替天行道」（六〇，八四回）。有皂纛旗，紅繡旗（六六回），雜彩繡旗（五三回），又有叫做招軍旗的指揮旗（一〇三回）。更有同樣的指揮旗之白，青，紅色旗（一九回）等，又個人也背寫「八臂那吒飛天大聖」等（五八回），自揭「美人一丈青」的孫二娘，與箭袋中插着「英雄雙槍將，風流萬戶侯」小旗的董平等（六八回）。又如主持梁中書上蓋紅羅鎖金傘（六〇回）。飛龍傘（九九回）等。

擺佈陣容的軍樂，有鳴鑼（一回），吹畫角（五一回），擂鼓（一，五一回），花腔鼉鼓，是用鼉皮張佈的一種花模樣的大鼓。最奇特的用羊蹄擊鼓方法（九四，一〇七回），把數十頭羊綁吊在四方的柳木上，以其蹄亂敲大鼓，都是在大軍攻近時而行之（九四，一〇七回）。也用吶喊，這不過只呼喊而不突擊。

指揮信號，實行號砲（四六，五六回），蘆哨（五三回）及唿哨，又以帶鈴鵓鴿飛出，指揮離軍進退（四〇回）。其他也使用叫做號帶的白絹信號旗（同上）。夜點紅燭燈等（四七回）。也有箭文。取鏃捲絹，上書細字，蘇州城守將內應宋江軍就用這個法子通信（九四，一〇一回）。

一城降服之時，城壁上雖也豎旗，但似乎不是白旗（八八回）。

夜行軍時，馬摘鈴，軍銜枚（五九回）。

攻城時城壁上使用沙土布袋（四〇回），火燒時持蘆葦油柴等（同上）。有雲梯，藉而攀登城壁（九三回），又有叫候飛樓的，也是渡城垣而用的，似與雲梯相同（同上）。

也實行水攻戰術。宋江官軍征田虎攻太原城時，守將張雄豪勇無比，又加連日大雨，不能行動，形勢頗不利，容納水軍頭領李俊獻策，造許多飛天桴準備着軍兵都在高岡上，後引智伯渠及晉河之水，欲淹太原城，水竟浸至城壁高，城兵潰亂，宋軍乘筏鏖殺，高奏凱歌（九九回）。

防城的方法，是緊閉城門，撤去吊橋，外以鹿角（四七回），竹簽，鐵蒺藜等，並掘關坑（五九回）或在草叢中佈置麻索（二九回），絆馬索（四七回）上緊鈎及鈴鐺（五四回）。

防禦山寨等方法，除普通武器外，並有檑木大石，迷目的灰瓶等（一〇，六二回）。也有用尿糞的（六二回）。

梁山泊差軍使向東平府呈遞「借糧」戰書時，都監董平憤慨欲斬之，程太守攔住說道「自古兩國相戰，不斬來使」（六八回）。

次就戰術方面來觀，本傳中對於戰爭的描寫非常多。從濟州軍征討梁山泊始（一八，一九回），及梁山泊軍襲擊江州對岸無為軍（三九回），以及攻略祝家莊（四五回），同時從朝廷軍第一次討伐梁山泊起（五四回）以後至百二十回，殆全部三分之二，是戰鬥記事。這些戰鬥有種種戰術，具有相當興味的思想，然與普通事項相異，誇張過甚，勿寧謂虛構，架空的事實太多，若以此採用為實在的資料似為不當。在這裡只舉其比較富於現實性的來說。首先是朝廷第一回討伐梁山泊時，呼延灼用連環馬戰術博得大勝（五四回）。

「呼延灼官軍，馬帶馬甲，人披鐵鎧，馬帶甲，只露得四蹄懸地，人披鎧，只露着一對眼睛，每三十匹一連，卻把鐵環連鎖，各隊鎖定，五千步兵，在後策應。

宋軍把軍馬分作五隊在前，後軍十將簇擁，兩路伏兵，分於左右，秦明當先，搦呼軍出馬交戰，只見對陣，但只吶喊，並不交鋒。宋江疑惑，暗傳號令，教後軍且退時，對陣裡連珠砲響，一千步兵，忽然分作兩下，放出三面「連環馬軍」，兩邊把弓箭亂射，中間盡是長槍，大破宋軍。」

梁山泊軍爲擊破其計畫，製造鈎鎌槍，聘請熟知其使用方法的徐寧爲敎師，在寨內敎授兵士等使用法（五六回）。

徐寧下聚義廳來，拿起一把鈎鎌槍，自使一回，然後說明「但凡馬上使這般軍器，就腰胯裡做步上來，上中七路，三鈎四撥，一搠一分，共使九個變法，若是步行使這鈎鎌槍，亦最得用」。所以在官軍又以連環馬來衝時，初由正南起步兵一隊，次由東南出現一隊，官軍只顧衝將去，西南方又擁起一隊旗號，皆來挑戰，正當呼延灼猶豫之際，忽然北邊一聲砲響，又擁起三隊旗號。官軍把兵分爲兩路前進，西邊又是四隊人馬起來，不得已乃與四方交戰，因此不利，遂集中兵力於北方，驅逐連環進攻，宋江軍並不迎敵，盡投蘆葦中亂走，連環馬亦收勒不住，盡望敗蘆折葦之中，枯荒林之內跑去了，只聽後面唿哨響處，鈎鎌槍一齊舉手，先鈎倒兩邊馬脚，中間的甲馬，便自咆哮起來，陣形混亂官軍大敗，呼延灼當場被捕。

梁山泊攻芒碭山時（五九回）及第二回童貫討伐梁山泊時，有軍師提言「長蛇之陣」（七五回）。

「是漢末三分，諸葛孔明擺石爲陣之法，四面八方，分八八六十四隊，中間大將居之，其像四頭八尾，左旋右轉按天地風雲之機，龍虎鳥獸之狀，待他下山衝入陣來，兩軍齊開，有如伺候，等他一入陣，只看七星號帶起處，把陣變爲長蛇之勢。」

「此陣如常山之蛇，擊首則尾應，擊尾則首挮。」

最後宋江官軍討王慶，在西京城外三十里伊闕山，攻擊僞宣撫使龔瑞及統軍奚勝等（一〇六處）時，聞敵將奚勝洞悉陣法究其奧妙，所以盧俊義與朱武商議，朱武道，我方先佈一陣勢令其觀之，試看他的才力如何再講求應付方法。選擇山南平坦地，構成循環八卦陣，賊兵分三隊出城。奚勝上雲梯一看，認得是循環八卦陣，乃擺李藥師之六花陣。朱武等亦上雲梯一望，認得是六花陣，乃係從諸葛武侯八陣中變出來的，乃把自己陣勢改變爲八卦陣六花陣，遂被破。

又此外有空城計（五一回），四門斗底陣（七五回），化鯤爲鵬之陣，太乙三戈陣（八三回），河洛四象陣（八六回），琨天象陣（八七回）等。

最後討田虎時，有燕青展覽三晉地圖之事，此係記載戰略之圖（九〇回）。陳登原氏之「中國文化史」中，謂宋朝業已製作鳥瞰地圖。又有如今日之督戰隊，爲防止兵士等逃亡，嚴命一刀兩斷（八三回），又實行戰功記入功績簿上（九〇回）。也有宣傳單（六三回）。宋江軍攻王慶荊州城時，蕭嘉惠親寫數十張宣傳單，夜中潛入城內撒布，勸告市民反叛（一〇七回）。又王慶被破脫逃時，曾換上便衣（一〇八回）。這些事情今昔有異曲同工之味。

戰鬪疲勞之際，雙方鳴金收兵（五六回）。這是表示「沒有戀戰之心」的意義。

最後看看水軍的戰鬪，最初濟州何濤觀察討伐梁山泊時，對方利用不悉水路，翻覆分散其徵發船，或燒燬或翻覆，使其徵發船全滅（一九回）。後高太尉討伐時，容納時葉春的建議，製造大海鰍及小海鰍的戰船（七九回）。以這樣船隻在湖中戰，實屬可笑，比前述之海上的船舶，還爲巨大，那是作者的創作吧。

「大海鰍，船兩邊置二十四部水車，船內可容數百人，每車用十二箇人踏動，外用竹笆遮護，可避箭矢，船面上豎立弩樓，另造劃車，擺布放於上。小海鰍，船兩邊只用十二部水手，船中可以容百十人，構造與大海鰍同。」

並設船廠建造，三百餘隻大船上載水軍一萬餘名，每船旗劍並立齊向梁山泊進發，山寨側，把木及石沈於水底閉塞水路，使其不是前進，再以小舟千餘隻每隻載四五人持防禦的鐵牌，節節靠近來攻，用撓鈎把官兵鈎拉水中，又令會潛水的把船底鑿成洞穴使其沉沒，把其主要人物一網打盡。

後宋江官軍征方臘，以水軍攻烏龍水寨時，敵方用連火排一時得勝，該連火排只是大松杉木穿成，排上都堆草把，草把內暗藏硫黃焰硝引火之物，把竹索編住，排在灘頭。一旦有事，順激流而下，即把敵舟燒燬。宋江軍遂受此火排曾一時敗北（九五回）。

又其他水中的防備，有暗樁（五六回），又由城壁張布的湖中之索，上附鈴鐺（九三回）等。又有防止敵矢，在船側張佈了青狐之皮（一九回）。

軍隊組織沒有記載的，特意加以整備，因爲梁山泊職制係一最好的材料，茲揭誌之。

總兵都頭領	（總司令）	宋江，盧俊義	二員
掌管機密軍師	（參謀長）	吳用，公孫勝	二員
參贊軍務頭領	（參謀次長）	朱武	一員
掌管錢粮頭領	（經理部長）	柴進，李應	二員
馬軍五虎將	（騎兵隊長）	關勝等	五員
馬軍大驃騎兼先鋒使	（同將校，先鋒隊長）	花榮等	八員
馬軍小彪將兼遠探出哨頭領	（同將校斥候隊長）	黃信等	一六員
步軍頭領	（步兵隊長）	魯智深等	十員
步兵將校	（同將校）	樊瑞等	十七員
四寨水軍頭領	（水軍隊長）	李俊等	八員

總探聲息頭領（情報部長）　戴宗　一員

四店打聽聲　（情報探查及來賓係）孫新等　八員

息邀接來賓

軍中走報機

（通信命令長）　樂和等　四員

密步軍頭領

守護中軍

（防禦隊長）　孫明，孔亮　二員

步軍驍軍

專管行刑劊子（軍政執法係）　蔡福，蔡慶　二員

專管三軍內探

（憲兵司令？）　王英，扈三娘　二員

事，馬軍統領

掌管監造諸事（工廠長）　頭領　共十六員

行文走檄調兵遣將　（文書傳令係長）　蕭讓　一員

定功賞罰，軍政司　（軍政係長）　裴宣　一員

考算錢粮支出納入　（輜重會計係長）　蔣敬　一員

監造大小戰船　（造船係長）　孟康　一員

專造兵符印信　（信號印章製造係長）　金大堅　一員

專造旌旗袍襖　（軍旗被服製造係長）　侯健　一員

專攻獸醫馬匹　（獸醫長）　皇甫端　一員

專治諸病內外科醫士　（軍醫長）　安道全　一員

監督打造軍器鐵用　（軍器製造係長）　湯隆　一員

專造大小號砲　（鑄砲係長）　凌振　一員

起造修緝房屋　（建築係長）　李雲　一員

屠宰牛馬猪羊牲口　（屠場長）　曹正　一員

排設筵宴　（宴會係長）　宋清　一員

監造供應一切酒筵　（主厨長）　朱富　一員

建築城垣　（土木係長）　陶宗旺　一員

專一把捧帥字旗　（旗手）　郁保四　一員

再觀察一般軍隊及兵士，常備軍有正軍，軍士·軍漢·寨兵等名稱（三二回）。其他

也有叫做士兵的（一，二二回）。這些軍士都是在發生任何事件時臨時拉夫的，大多數是以逮捕犯人充當。宋朝兵役係本王安石献策實行保甲法，有一人以上壯丁的家，得出一人爲兵士，這是常備，頗收國民皆兵之効。其他臨時有用大量軍兵時，揭招軍旗在街頭招募，所以地方潑皮多願就之。但彼等只能獲得薪金報酬而不實際工作。凡開始戰鬪時，得先支付一個月的薪水。同時在出陣時一人並須放與酒三碗，饅頭兩個，熟肉一斤等來鼓勵他們（三三回）。

又似乎有女兵。從遼國之事例觀之便知（八七回），猶如前述之遼國軍情風俗，因未把其特長詳記，故難洞悉，又中國本土，本諸地方情形，似也招募女兵。

女兵雖有分別，但陣中携妓女之事，在高太尉討梁山泊時，確巳有之，當時伴有三十餘名妓女，終日吹彈歌唱，以盡酒興（七七回）。

又有田虎在戰地携領內侍姬妾之場面（九八回）。

當時戰爭重用馬匹，在以前業有詳誌，宋朝除有保甲法外並有保馬法，也實行把官馬預先在民間飼養之事，惟因王安石被褫職，此等制度亦廢止。

最後把百八十豪傑中的綽號，帶有武器，武藝及軍事等名稱者列記如次。

大刀關勝，雙鞭呼延灼，雙槍將董平，沒羽箭張青，金槍手徐寧，急先鋒索超，神機軍師朱武，百勝將韓滔，天目將彭玘，聖水將單廷珪，神火將魏定國，鐵扇子宋淸，操刀鬼曹正，鐵臂膊蔡福，石將軍石勇。

第十二章　植物　動物

先就植物觀之，草本花除有在湖畔江邊之蘆花蘆葦，及盛開蓮花外，在梁山泊並有酌酒賞菊之場面（七〇回）。宋之劉蒙的「菊譜」，便可知洛陽園藝之盛了。樹木類以垂柳，綠柳最多，也有松柳交加，又野猪林，似全是松樹的深林（一二回）。其他有槐，檜，栢，白楊等，槐在寺院最多（五，一九回），檜在熟語裡常說「老檜大松」（三九回）。栢樹多生在官衙庭內（五五回），白楊在翠屏山等山上有之（四五回），又祝家莊部落也有之（四六回）。梅在盖州城東有之，檜，栢，松等也很茂盛（九一回）。據傳賞梅花是由宋朝始。紅葉大樹，東溪村上頗多（一二回），這是否是楓樹尙難斷定。其他杏花（三回），花木瓜（一一三回），葛，藤（發端）等也常見到，尤其是竹，幾乎到處皆是（三回）。

動物的禽類，可以爲食物的，業記載於衣食住章裡，其他還有鴛鴦（三三回），老鴉（六，四五回），燕，雀，鴻鵠（六〇回），黃鳥（八〇回）等。多用爲打比喻的，鴛鴦是比喻伉儷和偕，燕雀難與鴻鵠鬪，比喻輭弱，黃鳥比喻歌聲之妙。又當時狩獵盛行使鷹（八回）。又在傳中寫出鷂之字樣（四五回）。

獸類老虎橫行，在景陽岡（二三回），登州城外（四八回），沂州嶺（四三回）皆描寫除虎的故事。普通捕虎的法子，用窩弓，射藥箭，擲鐽叉殺之。也有使用叫做踏弩的弩子之石火矢式捕殺(二二，四八回)。有時也使刀槍(二二回)。當時也有豹，虎豹二字傳中常見(三一，四八回)。也有豺狼(四八回)。形容武松有力，以象打比喩是「拽象拖牛漢，擒龍捉虎人」(二六回)，形容危險是「犀牛頭上角，大象口中牙」(二三回)，狻猊(四三回)，是獅子(二二回)，這只用之爲形容詞。也有叫忽律的，武松在景陽岡打虎時，驚異的獵戶等讚美的說道：

「你是喫了忽律心，豹子胆，獅子腿的人嗎」(二三回)，還是猩猩呢，此外還寫出黃猩子(四五回)，老鼠(五五回)，白兎(四二回)等。

虫類極少。蛇類有白蛇(發端)，丁得頂毒蛇(一〇七回)與其他有蜘蛛(五回)，蝗，螞蟻(六三回)等。

虎稱大虫。據大戴禮云「虫爲動物總名，禽爲羽虫，獸爲毛虫，龜爲甲虫，魚爲鱗虫，人爲倮虫，又虫蟻係爲小鳥，獵師逮捕時多用弓矢。

然後我們知道梁山泊的百零八豪傑中，以動物爲綽名的占多數，玆記之如左。

獸　青面獸　(楊志)

麒麟　玉麒麟　(盧俊義)

龍　入雲龍　(公孫勝)　九紋龍　(史進)

龍　混江龍（李俊）　出林龍（鄒淵）

　　獨角龍（鄒潤）

獅子　火眼狻猊（鄧飛）

豹　豹子頭（林冲）　錦豹子（楊林）

　　金錢豹子（湯隆）

彪　金眼彪（施恩）

虎　插翅虎（雷横）　錦毛虎（燕順）

　　矮脚虎（王英）　跳澗虎（陳達）

　　花項虎（龔旺）　中箭虎（丁得孫）

　　病大虫（薛永）　打虎將（李忠）

　　笑面虎（朱富）　青眼虎（李雲）

　　母大虫（顧大嫂）

猿　通臂猿（侯健）

馬　醜郡馬（宣贊）

犬　金毛犬（段景住）

鼠　白日鼠（白勝）

鵰　撲天鵰（李應）

鵬　摩天金翅（歐鵬）

蛟　出洞蛟（童威）

蛇　兩頭蛇（解珍）　白花蛇（楊春）

蝎　雙尾蝎（解寶）

龜　九尾龜（陶宗旺）

蚤　鼓上蚤（時遷）

蜃　翻江蜃（童猛）

水滸傳梗概

自第一回至第百二十回

緒言

一、通讀本傳全卷，可以察知中國民情，揭其概說以補前篇之不足。

二、梗概係就簡陳述，不描寫景物，不重要人物亦予以省略，又討伐大遼，田虎，王慶及方臘之主要戰爭記述重複甚多，茲也簡略

入雲龍　公孫勝

智多星　吳用

呼保義　宋江

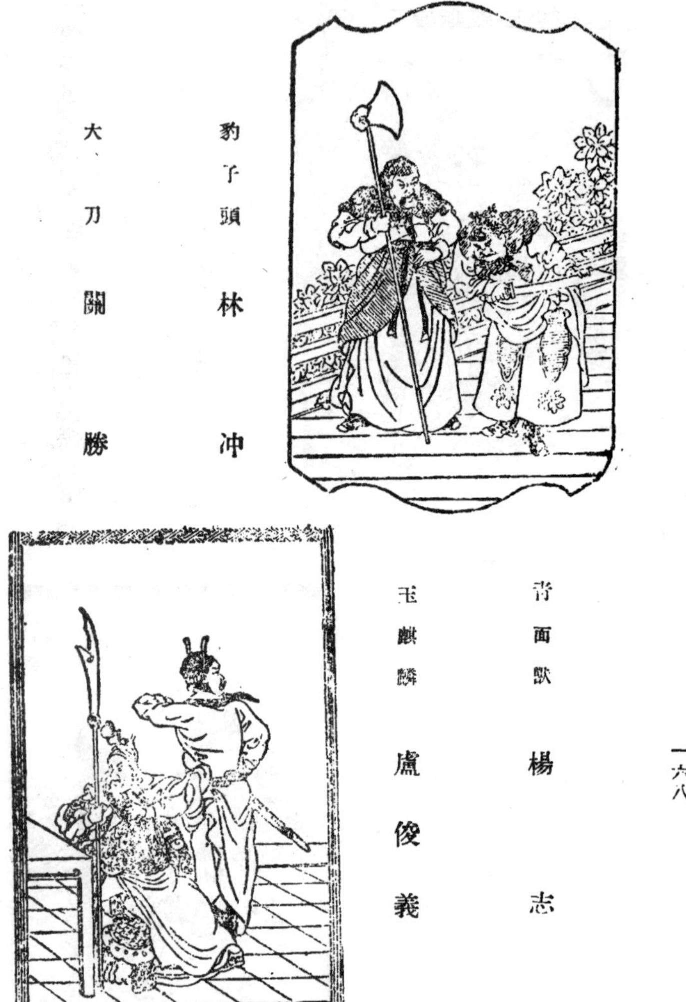

豹子頭林冲

大刀關勝

青面獸楊志

玉麒麟盧俊義

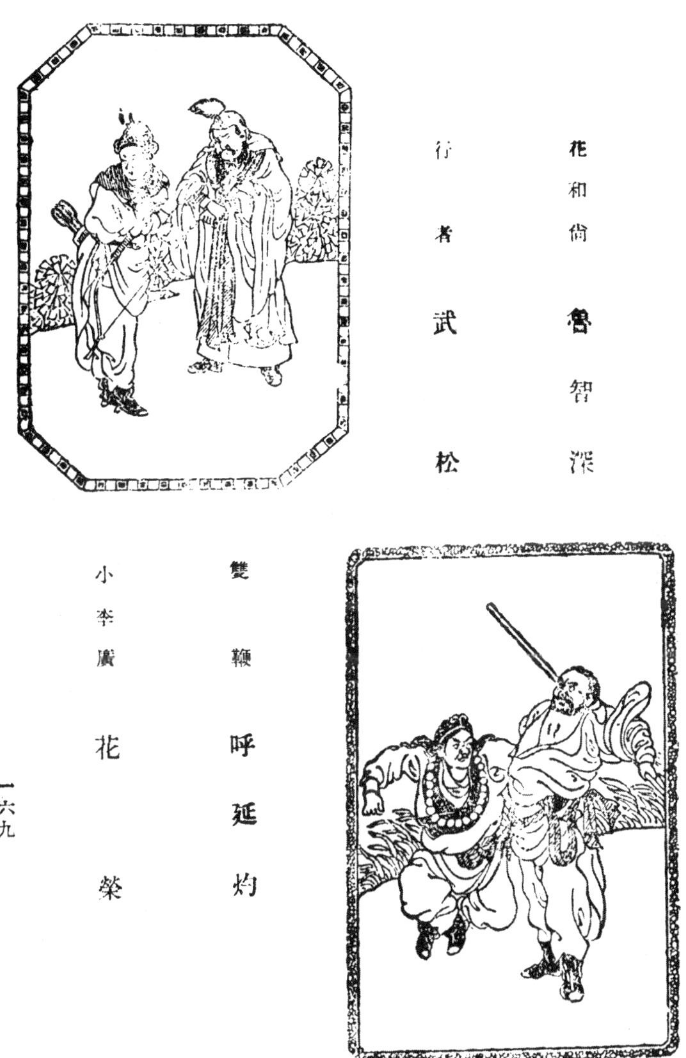

花和尚 魯智深

行者 武松

雙鞭 呼延灼

小李廣 花榮

九紋龍　史進

黑旋風　李逵

鼓上蚤　時遷

金眼彪　施恩

楔子

北宋徽宗皇帝嘉祐三年春，全國疫癘流行，京師東京即開封城，住民大半死亡，朝廷屢開會議，或下大赦令，或減免賦課，或向神佛祈禱都無効果。後容納當時的參知政事范仲淹奏言，赴江西省龍虎山上淸宮宣嗣張天師，在宮中舉行三千六百分羅天大醮，天子御筆親書，派遣勅使洪信太尉往請。

洪太尉驛馬相繼，不止一日，來到信州貴溪縣，翌日縣官等送太尉赴上淸宮，適値張天師虛靖大師不在龍虎山山頂草庵。聽道士言，齋戒沐浴之後背詔書單身登山。途中盤坡轉徑，攬葛攀藤，或受猛虎威嚇，或遇毒蛇，在將近山頂之際，忽遇一童子騎牛吹笛。此童子謂張天師已知洪之來意，已駕鶴去東京了，請放心由山返道院，但此童子便是張天師的化身。

翌日由道士領導，參觀宮觀，至右廊後一所去處有：「伏魔之殿」，據聞，係唐代祖師封閉百八魔星之處，好奇心的洪太尉，竟把殿門打開。殿中有石碣一座上寫「遇洪而開」四個眞字大書。把碣放倒，向地下掘下去，只有三四尺深，見一片大青石板，再掘起來時，只見一道黑氣，從穴裡滾將起來，掀塌了半個殿角，那道黑氣，直冲到半天裡，空中散作百八道金光望四面八方去了。

洪太尉大驚，匆々下山，歸東京時，張天師已如童子所言先到了，已把七日間的祈禳祭典告終歸山去了，瘟疫盡消，洪太尉歸來，皇帝褒賞。

第一回

哲宗皇帝時代，開封有一個浮浪破落戶子弟姓高，排行第二，自小不成家業，只好刺鎗使棒，吹彈歌舞，相撲頑耍，詩書詞賦，亦胡亂懂得，最是踢得好脚氣毬，綽名高毬，後來發跡為官人，遂改叫高俅，他專交有土地富豪貴族子弟從中漁利，過着幫閑生活，後來因他踢得一脚好毬，遂被皇帝之弟端王賞識，得侍左右。哲宗崩，端王就帝位，即是徽宗皇帝。因受破格的拔擢，遂被任命為殿府太尉。部下有禁軍教頭，他父親在此時也係教頭，因與高二以前有隙，此次高二一步登天遂欲報前仇，王進探知，乃與老母逃往陝西省延安府，途中，病於華陰縣史家村富戶史家，教給史進武藝。在史家滯在半載仍赴延安府。其後附近少華山紮下一個山寨，山賊頭領陳達在赴華陰縣城掠奪途中，經過史家村，與史進衝突被捕，其餘二頭領朱武與楊春以苦肉策，兩人同下山要求史進把他兩人一同送縣，但史進感於義氣乃赦之。

因此打開與山寨間之交情，金錢禮物互相贈送中秋節，史進主辦觀月酒宴，招待山寨頭領，因下書之人在山寨貪酒，把書翰失於途中，被一獵夫拾去告官，在賞月當夜山寨頭領與史進歡宴中，有縣尉率領兵卒等數千圍攻史家。

第二回

史進以緩兵計穩住縣尉，一同整備武裝，把自家點火，收、拾細軟等物。殺死官軍官兵等多數一同赴少華山去。頭領等都願史進爲山寨頭領，惟他不願落草爲寇，辭別出寨頭領去延安府往訪教師王進。

途中抵渭州，在一茶店偶遇提轄魯達，後在街上又遇自己日前教師李忠，三人一同赴酒樓飲酒。

正飲酒高興之際，忽聞隣室有人啼哭，魯達大怒，酒保言及十八九歲的一個美麗婦人與其老父的一段事情。這老兒是東京人氏，姓金，與其妻及女三人來渭州投奔親眷，不想親眷已搬移南京去了，母親在客店裡，染病身故，父女二人流落，以孩童習從的歌曲，在此酒座間賣唱過活，此間有個財主，叫做鎮關西鄭大官人，因見其女貌美，便使强媒硬保，要奴作妾，誰想寫了三千貫文書，虛錢實契，要了奴家身体，未及三個月，他家大娘子好生利害，將奴趕打出來，不容完聚，着落店主人家，追要原典身錢三千貫，父親懦弱，和他爭執不得，他又有錢有勢，當初不曾得他一文，如今那討錢來還他，沒計奈何每日只得以賣唱得些錢來將大半還他，留些少父女們盤纏，這兩日酒客稀少，違了他錢限，怕他來討時，受他羞恥，父女們想起這苦楚來，無處告訴，因此啼哭。

魯達去身摸出五兩來銀子，不足又和史進借來十兩共湊十五兩銀子，贈與金老，去做盤費，明日淸早來發付你兩個起身，看誰敢留你，金老父女非常歡喜。

翌朝天色微明，魯達送金老父女啓程後，去到狀元橋鄭屠肉店，藉口買肉作出種々難題，最後拿着兩包臊子，劈面打將去，却似下一陣的肉雨。鄭屠難忍而怒，却被魯達踢倒在當街上三拳打死。魯達後悔已晚，急忙回到下處，捲了些衣服盤纏，細軟銀兩，奔出南方，一道煙走了。

魯達取道北去，一連地行了半月之上，走到代州雁門縣，街之十字路口都貼有懸賞逮捕魯達的告示。但他並不識字，一個人呆立於告示板前的時候，忽聽得背後一個人大叫，把他橫拖倒拽將去。

第三回

拖扯的不是別人，却是渭州酒樓上救了的金老，他自從被魯達救了，本欲要回東京去，恐怕這厮趕來，因此不上東京去，隨路往北來不意撞見了一個京師故隣，與他女兒做媒，結交此間一個大財主趙員外，養做外宅，衣食豐足。於是把魯達領到家下，金蓮非常歡喜，以再生恩人，父女兩個都特別款待魯達。後與趙員外會晤，因在趙外員家中常住又非永久之道，趙遂送他去五台山文殊院出家，受智眞長老摩頂之形舉行得度式，賜名智深。

但是他不習佛道，不守清規，一味在寺中橫行，衆僧甚是不滿，魯智深在五台山中，不覺攪了四五個月，時遇初冬天氣，整頓衣裝，大踏步走出山門來，信步行到半山亭子上，只見遠々地一個漢子，挑着一担酒桶走上來。原是賣酒的。魯智深見酒眼紅，蠻橫的喫了酒一桶，大醉歸寺。又在一個天氣暴暖，二月間時令，一步々走下山來，赴鐵匠舖訂打一條禪杖，一口戒刀，纔到一個酒店僞稱行脚僧人，喫狗肉飲酒，大醉，打壞了山門金剛，這次智眞長老不宥，乃放追他，與他一封書，去投開封大相國寺。

第四回

途中在桃花村求宿於劉太公之家，聞得這附近桃花山山寨副頭領周通强索劉家之女，並在今夜來入贅，魯智深僞說他會說因緣，便是鐵石人，也勸得他轉意，教他女兒別處藏了，他代替女兒待於房裡。當周通乘馬來而入新人房時，魯智深按住周通好頓打，只打得周通連叫救人，後周通與嘍囉一同逃歸山寨，把此事說與李忠頭領，他反不怪周通，竟領兵下山，來攻桃花村。魯智深親立陣頭迎敵，其中這個李忠，就是渭州使棒的李忠，魯智深認得，乃互相打起話來。後被李忠說活了心，遂赴山寨，惟魯智深見他們過於心小不義氣，在他們兩人不在中，逃出山寨，奔東京去。

第五回

路中來到瓦官寺。入得寺裡一看，四圍壁落不堪，只在厨房後面一間小屋，見幾個老和尙坐地，一個個面黃肌瘦。問其原因，據說，我這裡是個非細去處，只因是十方常住，被一雲遊和尙，引着一個道人來此主持，把常住有的沒的，都毀壞了，我幾個老的走不動，只得在這里過，因此沒飯喫。住了不久工夫，和尙與道人歸來，魯智深揮禪杖打去，惟因他肚中飢餓沒有氣力，抵擋不住，遂逃出寺來。

走了幾里，見前面一個赤松大林，忽由林中出現一個男子，探頭探腦，望了一望，吐了一口唾沫，閃入去了。魯智深追跡，與那漢爭鬪起來，兩個鬪到十數合後，不分勝負，問知姓名，始知爲史進。告知瓦官寺的事末，二人喫飽重去瓦官寺，把和尙與道人殺死，把寺放火。史進回少華山。魯智深奔往東京。

魯智深到相國寺呈上五台山介紹書，這里職事僧人，認爲寺內不能收留他，遂派他到酸棗門外該寺的菜園看守。附近的二三十個潑皮，專以盜菜園之菜而糊口，擬用計威脅這新來的僧人。

拿着些果盒酒禮，特意說是來與和尙作慶。

第六回

魯智深看破他們有何謀策。其中有兩頭領，把魯智深誘至糞窖邊，擬乘機把魯智深推入糞窖中，不料竟被魯智深一脚踢倒墜入糞窖。從此潑皮們都驚服魯智深的武勇終日請他。某日，魯智深演他得意的武藝給潑皮們看，有東京八十萬禁軍鎗棒敎頭林冲，帶其夫人赴嶽王廟參拜，途中看見魯智深演武，異常欽服，遂令使女與其夫人去廟裡燒香，自在此間相等。兩人相識結爲義兄弟，爲時不久，使女忽慌忙來報告，廟內高俅之子高衙內調戲夫人，林冲趕到乃告無事。

然高衙內，着迷林冲妻子，使陸虞侯弄計把美人得到手，某日，林冲與魯智深在酒樓喫酒，見街上有一人賣刀。此刀乃係寶刀，林冲用千五百貫買得。持到家裡藏起，住了兩三天，有高俅府內使人，聲稱太尉近聞你買得一口好刀，就教你將刀去比看。於是林冲携刀入高太尉衙門。直至白虎節堂，也未見一個人，正當這時，不意高俅出來，說是持刀入堂有刺殺下官之意，遂命使臣把林冲捕縛。

第七回

林冲突入衙門，經府尹調查，洞悉是高太尉的計謀，惟懼高的權勢想處他以重罪，有下級官吏孫定，綽名孫佛兒，是一個鯁直的男子，極力反對，終處以比較輕的罪，流配滄州。林冲在出發前，爲將來計，與其妻脫離，但岳父張教頭並言明決令其女兒守志。

高衙內却命這次事件設計人陸虞侯，用金買動護送林冲兵士二人，在滄州上，把林冲結果性命。護送等設了一計，在某夜臨睡時，以酒款待林冲，使他喫醉，用熱湯洗脚，燙得滿脚是傷。翌晨穿上草鞋，因舊曆六月盛暑，背中杖瘡疼，頸枷沈重首枷，脚燙傷，難以步行。護送兵，見他多少落後，便以棒相加，這樣的使他身體軟弱，好容易結果了他。

幾日步行來到一處名叫野豬林大松林，護送佯言晝睡。為防止其逃走，把林冲連手帶脚和枷，緊々縛在樹上。擬用棍棒打死。

第八回

這時候忽然從樹陰後大喝一聲，魯智深跳出來，提着禪杖，輪起來打兩個公人。因為魯智深，自從買刀那日相別之後，便放心不下，跟踪而來，但林冲制住他，救得了兩個公人的性命。

護送等懼怕魯智深，遵魯智深之命令，雇車載林冲，路中小心隨順着行。近滄州只有七十來里路程，一路去都有人家，再無僻靜處了，魯智深取出一二十兩銀子與林冲，並把二三兩與兩個公人而去。

在某酒店休息時，聞得近處有一個財主柴進，對於流配來的犯人，凡投於他莊上，無不資助。於是林冲往訪。恰這時柴進狩獵歸來路中相見，因柴進久聞林冲武藝，遂特別歡待。

這里有日前教過柴進武藝的一個洪教頭，眼見柴進這樣優待刺配人甚是不平，情願與林冲比武。林冲起初碍於柴進面上表示不願，惟柴進要想看々林冲本事，便在前庭浴月光自叫他倆比起武來。林冲果然不差打倒了洪教頭，洪教頭羞慚滿面，自投莊外去了。

林冲在莊上，一連住了幾日，又和兩個公人離去，奔到滄州。林冲交與滄州府尹與牢城管營的柴進之保護書，並贈與許多銀子。

公人入城內至州廳，下了公文，交了林冲，領了回文，回東京去。林冲入牢營，也有柴進之書，上下使用一些銀子，獲得一個看守天王堂的好職。

第九回

忽一日，林冲偶出營前散步，與李小二相遇，李小二當初在東京酒店時，多得林冲看顧，後來偷了店主人家錢財，被捉住了，要送官司問罪，却被林救了。李小二請林冲到家裡坐，叫妻子出來拜了恩人，予以種々歡待。

某日，李小二店裡走來兩個軍裝打扮的，並求他去營裡看管營，差撥兩個來說話，李小二應承了，便把管營與差撥請到，看來互不相識，寒暄後乃共桌喫起酒來。因有密談命李小二退避。

李小二從他們口中說出「高太尉」三個字，認爲這人與林教頭身上有些干癡，命其老婆去閣子後聽說什麼。惟交頭接耳說話，到底沒聽清楚，只是軍官向管營和差撥遞交一帕子物事時，只聽差撥口裡說道「都在我身上，好歹要結果他性命」，李小二很奇異，擬說與林冲知之。在他們走出後，不多時，林冲走進店裡來，把這事情告知林冲，林便認爲是陸虞侯。去到市中買把解腕尖刀，帶在身上，前街後巷去尋陸虞侯。

翌日管營點呼林冲，當即緊張出頭，意外竟被榮轉東門外十五里大軍草料廠看守人，到底怎麼個理由不明。

翌日與差撥一同赴草料廠，斯日捲了一天大雪，路中困難，到了草料場看時，一周遭有些黃土墻，兩扇大門，推開看裡面時，七八間草屋，做着倉廠，四下里都是馬草堆。與以前之老看守交代完畢。林冲仰面看那草屋，四下里都崩潰了，朔風吹撼。向了一回火，覺從身上寒冷，想去沽些酒來喫，把花鎗挑了酒葫蘆，行不上半里多路，見籬中挑着一個草帚兒在露天裡，林冲逕到店裡，買了一葫蘆酒，包了牛肉歸來，那兩間草廳，已被雪壓倒了。尋思只好去到這半路上那古廟里，渡過一夜，正在牛肉下酒喫得香甜的時候，只聽得外面必必剝剝地爆響，林冲跳起身來，就避縫裡看時，草料場裡火起，刮々雜々的燒着。

林冲却待開門來救火時，聽得外面有數人脚步響，三人靠在廟簷下看火說話，林冲聽得那三人，一個是差撥，一個是陸虞侯，一個是富安，原是彼等相謀火燒草料場燒死林冲。林冲大喝一聲跳出，把他三人都用鎗刀搠死。把他三個人頭髮結做一處，擺在山神廟前，將葫蘆冷酒都喫盡了，便投東去了。

兩個更次，只見前面疎林深處，樹木交雜，遠々地數間草屋，被雪壓着，破壁縫裡，透火光出來，林冲逕投那草屋去，有一些老莊客在那圍火閒談。在他燒衣服略乾之際，只見火炭邊煨着一個甕兒，裡面透出燒香，林冲擬用些碎銀子買些酒喫，不肯，用槍把莊客趕跑了，自己傾那甕酒來喫了一會，剩了一半，提了鎗，出門便走。後來被朔風一吹，酒性發作，便醉倒在山澗邊的雪地下，衆莊客尋着踪跡趕來，用一條繩索子縛了林冲，抬到一個大莊院。

第十回

林冲於天曉，酒醒，一看時吊在大門樓下，林冲大叫道「什麽人敢吊我在這裡」，莊客們手持柴棍力打林冲。還有那老莊客也在內。從他們口裡得知還有一個主人。那個主人便是柴進，二人驚喜奇遇。慌忙喝退莊客，親自解下，請至內廳。這是柴進的東莊，數日前柴進爲收地租到此，同時林冲備細告訴在滄州的遭遇。住了五七日，緝捕人員，沿鄉歷邑，挨捕甚緊，林冲唯恐連累了柴進，自請投奔他處棲身。柴進親修書一封並與林冲盤纏，去山東濟州梁山泊避難。那裡有王倫，杜遷，宋萬三人，手下有嘍囉七八百人，打家刼舍，過着山賊生活，三位好漢，與柴進交厚，請林冲投那裡入夥，柴進聽得州界關門查詢甚嚴，乃設計使林冲喬裝獵夫與柴進等一同出門狩獵，混過關口。

林冲與柴進別後，上路行了十數日，在下着滿天大雪之日，到了梁山泊湖畔。走入一個酒店裡喫酒，打聽去梁山泊的道路，酒保營道，此間要去梁山泊，雖只數里，却是水路，全無早路，若要去時，須用船去，方纔渡得到那裡，惟因天下大雪，天色又晚，無法尋船隻，林冲尋思這却怎的好呢，思前想後，不勝感傷遂在壁上寫下八句悲憤的詩文。

上邊寫的自己姓名，忽有一個巨漢走出詢其底細。林冲提到有柴進的入夥薦信，那人說明他是梁山泊之一人，在這以開酒店爲名，專探聽往來客商，名叫朱貴。林冲在朱貴酒店一宿後，翌朝二人同上山寨。在聚議廳面會頭領王倫，手交柴進入夥薦書，王倫暗思這樣勇武的男子，若留在山上，自己地位恐有危險，故鄭重接待後贈與銀子布帛，令其另投他處。後經其他領袖勸說，日後柴大官人得知不納此人，須不好看，王倫無法，與其三天限，納上「投名狀」——下山去殺得一個人，將頭獻納——。

翌日林冲下山渡過對岸，在僻靜小路上，等候客人過往，從早至暮，等了一日，並無一個孤單客人經過。次日早晨投南山路去等，伏到午牌時候，一夥客人，約有三百餘人，結踪而過，林冲又不敢動手，看他過去。過了一夜，次日天明起來，投東山路上來過午，有一人挑担行李走來，林冲驀地跳將出來，那漢子撇了担子轉身便走，林冲趕將去，那裡趕得上，再等一回兒，挑担子的主人來了，成爲林冲好敵手。

第十一、二回

兩人一往一來，鬪到三十來合，不分勝敗，兩個又鬪了十數合，正鬪到分際，王倫等在山高處叫道，兩位好漢不要鬪了，那漢名叫楊志，是武舉出身的前官吏，因失了花石綱，不能回京赴任，流浪各處，聞如今赦了罪犯，在歸途中走到這裡，遇刼，王倫楊志入夥，擬以他來制林冲但約以會別去。

楊志回到東京運動上下擬恢復前職，但竟沒得如願，並受高太尉恥辱，在客店裡住了幾天，盤纏都使盡了，無法只得把祖上留下這口寶刀出賣。遇見當市的一個潑皮牛二，他竟想不化錢把刀賴去，惹惱了楊志，把牛二殺死，自首府衙門。

官民都同情楊志，判以輕罪，發配赴大名府。

大名府留守司梁中書，素知楊志武藝驚人，擬重用之，只恐衆人不服，乃傳令其軍官比武。結果，果然名不虛傳，技倆超卓，昇爲軍中副牌之職。後選他爲護送慶祝蔡太師誕節物的人。

却說山東濟州府鄆城縣新到任一個知縣，時文彬，新任不久命其部下巡捕都頭朱仝與雷横巡視管內，在東溪村靈官廟內捕一怪漢。押出廟來，投一個保正莊上來。

第十、三四回

那漢原是從遠處來訪晁蓋的，潞州生人，名叫劉唐，晁蓋佯稱爲舅父而救了他。

劉唐對晁蓋道，小弟打聽得北京大名府梁中書，收買十萬貫金珠寶貝玩器等物，送上東京與他丈人蔡大師慶生辰，這係不義之財，取之何碍，晁蓋同意。於是並與在這村敎塾先生吳用商談。

吳用也很同情，親到石碣村聘請石碣村阮氏三兄弟，他三人係漁夫，住在梁山泊之邊，又爲賭徒，且有相當武藝。獲得晁蓋同意，也把他們請來計議成事。

在這另外的一天，有道士訪晁蓋，也是提議搶掠梁中書的慶祝誕辰禮物，該道人名叫公孫勝。

第十五回

從這七人組成一個團體，外及加上安樂村閒漢白勝，作各種計畫。

梁中書任楊志爲頭領，差十輛大平車子，滿載財物，撥十個廂禁軍，監押着車。走到黃泥岡上時，遇見七輛賣棗的江州車兒，七人都坐在地下乘凉。這時候又一人挑着一付担桶，走上岡子來，衆人看見了，都想買些喫，楊志不許，恐有蒙汗藥。後看見賣棗人喫酒無事，乃放心容許衆人買些喫，自己也喫些，果然內裡有蒙汗藥，衆人昏倒，人事不省。原來棗商人與酒商人都係晁蓋等喬裝，財物遂完全被奪去。

第十六回

其中醒得最早的是楊志，自己痛感責任重大欲行自殺，惟一尋思，不如日後等拿着盜賊時，却再理會。其他衆軍直到二更方醒過來。見楊志已不知去向，向梁中書報告不是都推在他身上。

楊志在一家酒店，與曹正相遇，曹正原是林冲的弟子，現在便開此酒店，提到青州二龍山山寨可作暫時安身之處，在赴二龍山途中，與魯智深邂逅。

魯說明他因救林冲而觸高太尉之怒，不能常居相國寺，遂流浪到此，到二龍山入夥，怎奈鄧龍這廝懼怕魯智深奪去根據地，拒而不納，後二人復返曹正家商議。由曹正献策，把魯智深綁縛，曹正與楊志抬送於山寨，得進入二龍山。把鄧龍殺死，奪了山寨，魯與楊遂成了這山的山寨之王。

第十七回

濟州府，關於黃泥岡犯人，自從受了蔡太師緊急公文，便命緝捕使臣何濤，限期捉住犯人，正愁之間，其弟何清來到，他說道，他曾在安樂村王家會見了濠州賣棗人等，認得其中一個係東溪村晁蓋，又云，途中遇見白勝，挑一付担子問他時，聲他是挑的醋，何濤當即率領手下，逮捕白勝夫婦，並在床下搜出贓物。

然後何濤，持逮捕晁蓋公文來鄆城縣，偶逢縣書記宋江，提起此事。宋江素與晁蓋要好，用言穩住何濤，留在宋坊內，他却乘馬馳東門郊外晁蓋，勸他們趕急逃往梁山泊，然後返縣城纔引見會晤知縣。知縣即命都頭雷橫朱仝，帶領部下往捕。都頭平常亦與晁蓋相交頗厚，故意縱其逃走，只捉得佃戶數人來交差。何濤不得已返濟州，經調查結果，大体知道這七人的姓名，為捉阮氏兄弟，復去石碣村捉人。

第十八回

晁蓋等來到石碣村，爲擬投身梁山泊，依賴酒店朱貴予以介紹，正要就渡時，何濤率捕吏擁來，阮氏兄弟授策，準備應擊。

乘他們乘舟不熟悉阮家水路途中，把官軍弄翻，或火燒或擊沈，結局全軍覆滅，捉住何濤，削去兩個耳朵放歸。

他們一同來山寨請求入夥，王倫懼怕自己權利危險，不納。林冲一怒在酒宴場裏，斬殺王倫，奪下梁山泊。

第十九回

林冲强令晁蓋爲山寨主。吳用第二，公孫勝居第三位，自己則居第四位。後有嘍囉報告，濟州府官軍由黃安團練使率領，分乘數百隻船駐屯石碣村湖中。梁山泊命阮氏兄弟，引官船於狹碍水路，將其擊破，捕虜黃安以下官兵多數，其他大半殺死。

濟州府因此失敗遂調動府尹，新府尹因一州之力不及，要求遠近各州郡，同心協力討伐梁山泊，該命令到鄆城縣，書記宋江拆閱，得知晁蓋等以後的消息，甚是放心。

彼時，宋江碍於他人的面皮，收容一個年青的妾名叫閻婆惜，惟因他天性不近女色，夫妾寡歡，該妾後與宋江部下張三通奸。宋江也有耳聞，却不理會。

某日，宋江在街上休息，會見一個大漢，却係梁山泊晁蓋所差使者劉唐，奉贈金子百兩與祕書一封，報答宋江以前報信救晁之禮，宋江受下書信持金而歸。

第二十回

宋江走出茶店，在街中閒遊，逢見閻婆惜的母親。該老婦因日久未見宋江到其女之家，強拉宋江今晚宿於其女家。惟其女因有外遇，並不歡迎宋江。宋江不樂欲歸，其母始終不放宋江走，備酒食歡待之，不得已渡過了不快的一夜。天還未亮便憤憤地走出，途中忽遇賣湯藥的老漢。向腰中探囊取錢時，發現了公文袋忘在閻婆惜之家。其中不全是金子，還有晁蓋的書信，遂急返閻家。

一方閻婆惜一夜未眠，想上床就寢時，發見桌上有公文袋。打開一看，有晁蓋送與宋江百兩的禮金書翰，這回捉住了宋江的贓物，好好兒收藏起來，。宋江返回詰詢，閻婆惜云，倘梁山泊拿出金子百兩便交出公文書翰。雙方因此爭論起來，宋江遂以護身刀殺死閻婆惜。

第二十一回

宋江逃走返回故鄉宋家村。一方閻婆惜母親告官，鄆城縣知縣，命朱仝，雷橫二都頭逮捕宋江。都頭率領部下士兵奔往宋江村，會見其父宋太公。太公謂，不存子宋江，自小忤逆，業在本縣官長處，出了他籍，不在老漢戶內人數，並拿出執憑文帖，教上下看了。然朱仝仍認爲有搜的必要，教雷橫等把了門，他自己入宅搜。朱仝素與宋江要好，知道他家下佛堂供桌下有一地窨子，大約宋江是藏在這裏面，揭起地板來，果然宋江在內。勸他急早逃走，倘或有人知道，來這裡搜，如之奈何，繼辭去宋江歸縣報告。知縣捕不着宋江，向各地發出遂以一千貫懸賞逮捕宋江的命令。

宋江其後與其兄宋清，離家同去逃難，投奔滄州柴進的莊院，柴進久聞宋江大名，特別歡迎待爲上客。

第二十二回

宋江在這裡偶與武松相會。他生在清河縣，因酒後醉了，一掌打昏役人，武松只道他死了，故畏罪潛逃，投奔柴進處來躲災避難。後武松想念哥哥，辞別柴進宋江，要回淸河縣，臨別時柴進宋江餽贈甚厚。

武松經過幾日的路程，走到了清河縣鄰縣陽穀縣景陽岡地方。聞得此岡，近有猛虎出入害人，武松乘酒勢不聽酒家之言一個走上岡去。途中果然逢見猛虎，與虎大格鬪後以拳打死猛虎。下岡說與獵夫等知之，一同上山把虎抬着送往陽穀縣。知縣賞武松之功，任命爲縣都頭。

第二十三回

武松過了三二日，一日走出縣前來閒玩，忽與其兄武大郞在街中邂逅相遇。因爲武大郞近來娶得一個妻子，受人欺負，不得在清河縣安身，乃搬到這裡賃房居住。

武大郎與武松是一母所生的兄弟，武松身長八尺，身體魁偉，武大郎，身不滿五尺，面目醜陋，清河縣人，見他生得短矮，起他一個渾名，叫做「三寸丁穀樹皮」。

清河縣某財主之家，有一美麗使女名叫潘金蓮，因他不肯依從主人的意見，反要去告主人婆，以此記恨於心，卻倒賠些粧奩，嫁給極醜陋的武大郎。自從武大郎娶得那婦人後，清河縣裡有幾個奸詐的浮浪子弟們，卻來他家煩惱，因此武大郎在清河縣住不牢，乃搬來這陽穀縣居住。後來一同赴武大郎家，金蓮瞧好武松很表歡迎。強要武松從衙門中搬到其兄之家。武松原是正人君子，不好女色，純是一個堂堂的大丈夫。某日大雪，武松先歸，金蓮預先預備下酒菜，勸武松吃酒，乘機引誘武松，武松大怒，責罵其嫂，氣忿忿地走出。

陽穀縣知縣，到任二年有餘，賺得好些金銀，欲待要使人送上東京去，與親眷處收貯使用，以謀將來陞官運動資金，遂命武松向東京送去。

武松買些酒肉，去辭別武大郎，告訴了一些他不在縣時種種注意事情。

武松翌日率領兩個心腹伴當，一輛車兒，滿載金銀奔向東京。武松大郎謹守其弟之言，出賣炊餅半日即便歸來休息，只待其弟歸來。

某日金蓮向門前來叉窗簾子時，手裡拿叉竿不牢，失手落下來。不端不正卻好打在一個男子的頭巾上。那人立住了脚，意思欲發作，回過臉來看時，卻是一個妖嬈的婦人，變作笑吟吟的臉兒，搖搖擺擺走去。那人名叫西門慶，是縣前開生藥舖的財主。他訪其隣一個開茶坊的王婆，探詢這個美人，求王婆成就好事，經過種種手段，終得與金蓮私通。

第二十四回

武大郎從賣雪梨小兒鄆哥聽得這件事情。後與鄆哥定計捉姦，竟被西門慶踢壞了胸脯而病。武大郎想念兄弟武松，並請倘要早晚歸來，他一定不能干休，由於王婆的教唆，從西門慶藥店拿來砒霜，謂係治胸痛之藥，交給金蓮，王婆亦幫着灌於武大郎腹中，毒發而死。為隱匿痕跡，並以火焚屍，對於疑惑死因的團頭何九叔，西門慶便用金錢買動。惟以立場困難，心生一計，佯言赴武大郎家驗屍，偽裝大叫一聲，中了惡。

第二十五回

何九叔僅在火葬時到場，取得變了黑色的骨頭作為後日的証據，保存了西門慶送來的金子。

武松在路中，只覺神思不安，身心恍惚，趕急返回陽穀縣，來往日程，恰好過了兩個月，歸來向知縣報告後，立刻赴紫石街武大郎家，看要格子前邊有其兄的牌位。金蓮見武松，佯作哭泣訴說武大郎病死的前後，武松頗不置信。當夜買來香燭供物，寢在牌前，夜中武大郎忽顯亡魂。

翌朝繼探詢金蓮一些話後，去訪團頭何九叔。他取出來遺骨與西門慶賄金給武松看了，也會見了賣梨的小兒鄆哥，越發知道了他們的計畫，遂以他二人爲証人去到縣衙告了。知縣集中役吏商議，因他們都係受了西門慶的賄賂，乃以証據不充分爲理由却下。於是武松復仇決心益固，招來近隣的人們，同到武大郎牌位前，以刀逼迫金蓮，教他自供殺死武大郎之事。後將其嫂殺死，包着其首，去尋西門慶於某酒樓，經爭鬭後亦被武松殺死。

第二十六、七回

歸來拉着王婆會同隣人等，拿着奸夫淫婦的兩顆人頭，去縣衙自首。知縣前即對武松表示好意，下役們亦因西門慶死去，對於殺傷事件處置都偏向武松，遂將兇犯與王婆同送交東平府。該府尹陳某，聞知係打死景陽岡猛虎的勇士，亦特別好意，處以輕罪，把武松刺了兩行金印迭送二千里外的孟州。一方王婆以教唆罪處以死刑。

武松與護送人向孟州去的途中，約模行了二十餘日，來在一個有名的鄉村十字坡，見有一家酒店，門前坐着一個美麗的婦人，武松與護送一同入店休息喫酒，端出來的饅頭餡，似爲人肉，武松很覺奇異。果然酒中混有蒙汗藥，武松未喫，二公人蒙倒後，遂將那婦人捉住。不久其家主張青歸來，聞得武松之名，大驚，用解毒藥使兩公人蘇生。後武松與張青結爲義兄弟，不幾日抵孟州安平寨牢城。該地管營之子施恩，久聞武松之名，非常優待。

第二十八回

他是別有用心，蓋此孟州東門外有一處地方名叫快活林，在那裡有施恩開的酒肉店，凡是在當地開賭場，及歌妓等，向日都是來參見他，近來有一個叫蔣門神的人，是隨着孟州張團練使來的，是一個相撲名手，這地方的權利竟被他奪去，所以施恩想藉武松之力奪回來。武松毅然地答應了，親赴蔣門神酒店尋事，帶醉打服了蔣門神，再把酒店奪來返回施恩手裡。

第二十九回

孟州兵馬都監張蒙使人來請武松。施恩礙於為自己上官，只得教他去。張都監很歡待武松，並令武松為他的親隨梯己人。教他穿房入戶，並與其家族相親，中秋設宴，同武松飲酒，席前將使女玉蘭應與武松做個妻室。夜中後堂忽大聲叫道有賊，武松提棒入內但此係張都監之計，乘勢把武松捉住，說他是賊，並在武松行李中搜出許多金盞銀杯，賊贓俱在，武松有口難辯，遂把武松定罪送於恩州牢城。以上圈套係前蔣門神後援者張團練，假義兄張都監之手來復仇的，結果快活林權利仍歸蔣門神掌中。向恩州護送途中，在飛雲浦湖畔，當張都監派來之公人欲殺武松時，卻被武松殺死。

第三十回

武松復返張家，在鴛鴦樓殺死蔣門神，張團練，張都監三人，並將其家眷等全部殺死，蘸着血，在白粉牆上，大寫下八字「殺人者，打虎武松也」。再投奔十字坡張青之家。孟知府發出逮捕令，以三千貫懸賞捕拿武松。張青令武松打扮行者模樣，去青州二龍山投奔魯智深那裡安身。

第三十一回

武松赴二龍山途中，在蜈蚣嶺上墳庵，殺了誘拐婦女風水先生，在白虎山下酒店，把孔家次男孔亮擲在溪裡。後在孔家，偶與宋江相會，意外親熱，兩人同在那裡住了幾天分離，宋江赴清風寨，武松赴二龍山。

宋江赴清風寨途中，被清風山山賊捉去，在將死時，忽知是宋江，頭領燕順等，大驚，親解其索，予以歡待。

在山寨勾留之間，有一天王英頭領擒一婦女，擬據爲己有，宋江制止，得以生還。此婦女便是清風寨文官知寨劉高的夫人。

第三十二回

過了幾日，宋江辭去山寨各頭領，往訪清風寨武官知寨花榮，很受歡迎，令梯己人按日跟隨宋江遊覽各市街熱鬧地方。在正月十五日元宵節的當夜。街上慶祝元宵，異常熱鬧，宋江亦赴街去看熱鬧，被清風山掠去之劉知寨夫人瞧見，告知其丈夫，說是宋江爲山寨頭領，命其手下把宋江逮捕。隨行兵急歸，告知花榮，大驚失色，差部下持書，去劉知寨處求情，但劉知寨不許。於是乃率軍親至劉之公廳，把宋江奪回。

宋江自覺因爲自己惹起文武兩官相爭，願意逃往清風山，在再返清風山途中復被劉知寨預先差人捉住。劉高復向青州知府告狀，謂花榮與賊魁勾通，慕容知府派兵馬都監黃信赴劉高處，設計把花榮誆到宴席上，擧杯爲號，把花榮捉捕，乃與宋江一同裝在四車內向青州護送。

第三十三回

清風山頭領率兵埋伏，途中打開四車救出宋江花榮，並把同行的劉高殺死。接到報告之青州知府，這次派勇將指揮司總監秦明，率軍五百討代清風山，花榮設計，秦明落陷井被擒。花榮以禮相待，勸其爲山寨頭領，不就，設宴特別款待，留住一宿。

翌朝秦明，穿其甲冑，拿其武器歸青州時，眼見城外數百人家皆被燒燬，男女之屍，堆稚如山，大驚靠近城門，城門緊閉。秦明叩門時，城壁上慕容知府云：秦明昨夜率領賊徒前來攻城，放火殺人，恣意所爲，並以槍尖挑其妻子之首，令秦明觀之。秦明受此意外打擊，茫然無所從，城中亂箭射出，不得已返清風山。這是宋江等設的計策，把秦明留在山內，在這秦明住寨內的一夜中，他們穿着秦明的甲冑乘其馬狂言來攻青州。後告知秦明，一時不勝憤慨，然事已過去，也只好忍耐下去。

兵馬都監黃信，乃係秦明的徒弟，秦明願親去說服淸風寨投降。果然馬到成功。

第三十四回

淸風山接到大批官軍來攻山的消息，以此小寨難以抵抗，故由宋江提議，乃決定投奔梁山泊入夥，把山寨放火，車馬軍兵，打着標記「討伐草賊官軍」的旗幟，騙人耳目，向梁山泊出發。

惟恐因爲滔滔許多軍馬，惹起梁山泊的誤會，雙方不利，於是宋江，燕順領十數名兵士先發。在靠近梁山泊的一個村落酒店中休息，與石勇相遇。他是大名府生人，因賭相爭殺人，曾逃難於柴進之處，後聞得宋江之名親赴鄆城縣拜訪，宋淸告知現不在家，住在孔家，石勇便欲赴孔家，在石勇臨行時，宋江之弟宋淸託寄書翰一封祈交宋江。

宋江拆開一觀，原係父親太公逝世之報，不勝悲痛，認爲非回家不可，親筆寫翰一封交與燕順，是介紹他們入梁山泊的介紹信，自己單身返故鄉。

與一方花榮等軍隊到來，燕順說明宋江返鄉之意，乃一同赴梁山泊入夥。

宋江歸家一看，太公精神十足的健在，詰問其弟原因，太公拉過云：此乃我的意思，宋淸無關，蓋宋太公惟恐宋江流浪，落於山寨爲寇，故乃出此手段。宋江眼見老父健在，一時很安心，不料門外吶喊，有都頭及士兵等前來逮捕宋江。

第三十五、六回

道是有見宋江入村而向縣衙密告之故，宋江表示明日自首，請都頭進家予以歡待。

翌日一同赴縣衙，縣便把宋江移交濟州府。此際適值慶祝皇太子冊立，全國實行大赦，宋太公不惜金錢買動上下，被處較輕之罪，刺配江州牢城。

赴江州途中路過梁山泊時，劉唐等早已探知預先在路上等候，擬殺死公人，叫宋江入夥，惟宋江力阻，僅在山寨勾留兩三日。至揭陽嶺遇賊店被蒙汗藥所蒙，幸被李俊救助，又在揭陽市鎮，資助賣藥者，竟惹起當地土棍穆春不滿。

幸而脫難，至潯陽江，又險被江賊張黃所殺，後遇救終至江州。

第三十七回

江州牢城典獄戴宗，是梁山泊吳用的至愛相識，因宋江持來吳用介紹之信，兩人遂相識，戴宗在可能範圍內予宋江以便宜。某日二人在琵琶樓喫酒，此時戴宗部下牢子李逵，因賭錢與店家作鬧，呼上樓來，宋江贈金，李逵拿錢去賭，又輸個乾淨。又宋江希喫鯉魚，李逵至江沿惹起一場大鬧漁船，在沒法解決時，有魚主人張順到來，把李逵誆到江中，實行水戰。後戴宗趕到和解，宋江交出其兄張橫之輸，張順大喜，取出四尾新鮮鯉魚，四人痛飲一場。

第三十八回

宋江某日單身在潯陽樓喫酒，一面觀賞四方景色，一面飲酒，逐漸醉起來，想及個人的現下境遇，不勝感觸，遂在酒樓壁上題詩兩首。

後歸牢城，完全忘於腦後。其後，有江州對岸無爲軍非職通判黃文炳，來此酒樓喫酒，讀宋江詩，認爲具有謀叛意思的反詩，遂告知江州蔡知府。知府驚愕命戴宗調查宋江，戴宗爲難暗示宋江裝瘋，不料被黃文炳看破。捉住宋江以重罪犯入牢。

蔡知府容納黃文炳献言，爲徵求父親蔡京太師對宋江處分的意見，命戴宗爲使者赴京。他使用一種神行法，一日能行八百里路程。不言內容，只爲慶祝其父誕生日而去送禮物。戴宗對於宋江之事放心不下，後事全依賴李逵。戴宗途中至梁山泊湖畔，在朱貴酒店打息，竟中蒙汗藥。朱貴調查戴宗的公文袋，知爲宋江之事，並知下書人爲吳用常說的戴宗，灌解毒藥使戴宗清醒，被吳用叫至山中，三人鼎坐講求助宋江之命方策。結局僞書蔡太師復翰，命把宋江送至東京，擬在途中奪取，用種々方法把濟州城內的善於模仿諸家筆跡之蕭讓，及篆刻名手金大堅，弄至梁山泊，捏造僞書僞印，戴宗持歸。

第三十九、四十回

戴宗行使神行法歸江州，向蔡知府呈上其文回信，知府好生歡喜，黃文炳觀回書，認係僞書。他說所蓋之「翰林蔡京」圖書，頗有疑點，翰林院學士乃其舊職，更兼父寄書與子，須不當用諱字圖書。當即嚴訊戴宗，戴宗所答曖昧，遂把宋江戴宗二人以通謀梁山泊賊寇，策謀叛逆，處以死刑。一方梁山泊在戴宗走後，吳用詳端印章，料定僞書必被看破，但欲追趕，因戴宗之神行法太快，也來不及了，於是乃急派大軍馳赴江州。行刑當日，把宋江戴宗從牢中拽出，在十字路口知府滋場前，剛要執行之際，有一夥弄蛇的丐者和一夥使槍棒賣藥的挨近法場，那是梁山喬裝的，說時遲，那時快，突然發動，劫了法場，救出宋戴二人。

這時獄吏李逵亦乘勢加入，把江州兵士，打得四散，入夥梁山泊軍馬內，齊至潯陽江岸白龍廟。

在這裡迎擊官軍，後乘應援之張兄弟，李俊等船渡過對岸，捉住可恨的黃文炳虐殺之，一同返回梁山泊。

第四十一回

宋江在梁山泊居住數日，想及老父與宋淸不知在家存亡如何，惟恐江州行文到濟州，追捉家屬，禍及父親及兄弟，宋江願個人潛地回家，惟衆頭領都謂危險，不聽，遂單身返鄉里。至家與兄弟宋淸會面時，其弟暗告宋江云，江州事情，這裡都知道了，只等江州文書到來，便要捉我們父子二人，下在牢裡監禁，你不宜遲，快去梁山泊請下衆頭領來，救父親並兄弟，宋江聽了，驚得一身冷汗，當即奔回路，這時聽得吶喊，看見一簇火把炤亮奔他來了。宋江不知高低只顧走，竟誤走入還道村，這村的周圍全是高山峻嶺，入來這村，左來右去走，只是這條路，更沒第二條路可走，後沒有入一古廟安身，都頭趙能，很以爲奇怪，打開廟門，用火炤看各處，恰在此時，一陣黑風吹來，把火把吹滅。不久，有青衣童子與童女出現，領宋江去娘娘宮殿。入殿內時，有一娘娘在座，叩詢宋江起居安寧。予以仙酒仙棗後，授與天書三卷。此夢不久醒來，天書還在宋江手裡。出廟堂後，看見李逵等斬殺趙能等兵士，救出宋江，復返梁山泊，同時把父宋太公及兄弟宋清亦迎至山寨。

公孫勝也因爲離家日久請假歸家省親。又李逵也請求返鄉接母，都答應他們下山去了。

第四十二回

李逵迎接母親，到是好事，不過李逵生來多喫酒惹事，宋江派同鄉人朱貴下山照顧他的一切。朱貴領李逵赴其兄朱富酒店去。該酒店係在沂水縣東門外，正是去李逵之家的百丈村必經之路，李逵赴百丈村途中，遇見一個僞稱綽名黑旋風的强盜刼路，被李逵殺死。

歸家，李逵的母親，因想他已成了盲目。李逵佯言他在外已坐官了，欲把母親領走，不料此時李逵之兄李達歸來，瞧見李逵回來，不勝驚懼，便去到其主人家報告。李逵乘其兄不在之際，背其母逃走。慌忙的出走，也沒擇路，在天快黑的時候，走到山嶺上，母親說道，口裡乾渴，他去溪邊取水。不料此山有虎，把其母吞食。李逵歸來不見其母，順着血跡尋到虎穴，始知其母被喫，不勝憤慨，把大小四隻老虎都用刀殺死。近處的獵夫很感佩李逵的武勇，把他領到曾太公家。受異常的歡待，有被李逵殺死的僞裝黑旋風者之妻，認得是李逵，赴官衙告了，後用計把李逵灌醉，通知縣衙。縣吏李雲押送李逵赴縣。在這以前被朱貴探明，與其兄朱富商議，在途中藉口慶賀縣吏一行，把酒肉下上蒙汗藥，把縣吏蒙過去，救出李逵。

第四十三回

因李雲不嗜酒，雖一時蒙過，不久即必醒，他一定追來報仇。叫李逵在路上等之，與他相鬪，相鬪不久，朱富出來遊說李雲，勸他入夥梁山泊，李雲無法遂應允了。

一方公孫勝省母日久未歸，宋江等掛心，遂派戴宗下山探聽消息。途中被因於飲馬川山寨，與鐵鏈能手鄧飛，善造船隻的孟康，刀筆大家裴宣相會，勸誘他們一同入夥梁山泊。

及至到薊州打聽公孫勝居處，誰也不知，便擬返梁山泊。在剛要出薊州時，某日，見有兩院押獄兼充市曹行刑劊子楊雄，剛從市心裡決刑回來，受衆相識與他掛紅賀喜，有一些當地破落戶漢子，搶去了花紅緞子。當楊雄被軍漢們逼住了時，忽有賣薪的石秀出來救助。戴宗看石秀是一條好漢，勸他入夥梁山泊，惟石秀躊躇不定，後楊雄之岳父潘太公來，聞得石秀昔時係爲屠肉業，把他留在家下開了個屠宰作坊。

第四十四、五回

這潘太公的姑娘，即是楊雄之妻，前曾嫁與某役人，死亡，今又嫁給楊雄，生來淫蕩，爲超渡亡夫法事竟與報恩寺和尙裴如海勾搭成奸。石秀知道告知楊雄。楊雄之妻，因此恨石秀，在楊雄枕邊竟說石秀不是處，石秀乘楊雄妻與和尙密會時，在裴和尙歸時殺之，把其衣服叫楊雄觀看，於是楊亦查覺其事實屬實，藉口拜墓把妻誘至翠屏山，與石秀一同殺之。

當二人商議赴梁山泊時，忽在墓內竄出一個漢子，名叫時遷，他也加入同去。

三人赴梁山泊途中，走到祝家莊，宿在某個店裡。因時遷偷喫一隻鷄，惹起了風波，時遷被村人所捕，楊雄與石秀，把宿店放火逃走。途中會見杜興，該杜興昔時曾受過楊雄的恩惠。

第四十六、七回

杜興在隣村李家莊工作，把他們引見了主人李應。楊雄與石秀說明詳情，李應親修書懇求祝家釋放時遷。然祝家不應，李應穿上甲冑率領莊漢，壓迫祝家。祝家莊亦出來應敵，結局朱應左臂中箭撤退。楊雄石秀二人赴梁山泊，祈求梁山泊大王奪回時遷。晁蓋對於時遷行爲不滿，欲不救助，宋江勸其不可，正好藉山寨錢糧不足理由，出師征伐，結局終出軍襲擊祝家莊。

梁山泊大軍攻祝家莊，因迷路與伏兵頗陷於苦戰，竟被對方捉去頭領黃信等。

第四十八回

話說山東登州府城外山野，多有豺狼虎豹，出來傷人，因此，登州府知府，拘集獵戶，限期捉捕老虎。

這裏有一家獵戶，哥々喚做解珍，兄弟喚做解寶，用了窩弓藥箭，預備捕捉，第三天藥箭果然射中了一隻老虎，在追趕中，該半死之虎墜落於毛太公之邸。弟兄兩個去莊上討取時，毛太公好言安撫，自己卻把虎送到知府請功，並告訴解家兄弟白晝强搶。

獄吏包節級，受毛太公賄賂欲殺此二人，有牢卒樂和，異常同情解家兄弟，知道解家兄弟親戚在東門外開酒店的女傑顧大嫂。大嫂又與登州軍官孫立具有親戚關係，顧大嫂以送飯理由得入牢內救出解家兄弟。復襲毛太公家，殺其家族，跑去參加攻祝家莊中的宋江陣營。

第四十九回

孫立是祝家莊教師欒廷玉的師兄弟，他佯言去討伐梁山泊山賊在此路過。故在宋江軍來攻時，他亦親身出陣活擒石秀。頗受祝家重視，但是在宋江四面來攻莊時，他卻把囚車打開，放出俘虜，予以兵器，把祝家放火。宋江軍復襲扈家莊屠殺，又使李家莊李應與其家眷一同赴山寨。

第五十回

鄆城縣都頭雷橫，某日赴街閒遊，去聽東京新來的歌妓白秀英的說唱，適值他腰中沒帶錢，當塲受了秀英的父親奚落。雷橫一怒擊傷老兒，秀英與知縣素有來往，便去縣衙告了，知縣捉了雷橫，却叫在勾欄門首示衆。雷橫之母送飯，惡罵白秀英，白秀英聽得，怒打雷橫之母，雷橫一時火起，以首枷打死了白秀英。於是被定死刑，命朱仝向濟州護送，不料途中雷橫逃走，遂去梁山泊入夥。朱仝以犯人脫逃之罪，被刺送滄州。滄州知府嘉其武勇，使爲親隨。知府有小兒四歲，願跟朱仝遊玩，某夜領知府小兒去觀盂蘭盆放灯會，途中遇見雷橫。二人正談話之際，小衙內忽不見了。大驚之下尋覓結果，業被人慘殺。這是引誘朱仝赴梁山泊的計策，發見死在李逵的手下後，朱仝大怒急追李逵，李逵遂跑至柴進家中。

第五十一回

在這裏走出來吳用與雷橫，勸住朱仝，請他下决心赴梁山泊聚義，惟朱仝恨李逵，表示不殺李逵，則不上山，最後終把李逵留在柴進家裏。

某日柴進接得一封書，是從高唐州叔父那裏來的。拆信閱看後，得知該州知府老婆兄弟殷天錫，擬橫領叔父之家的花園，叔父一氣患病在床，甚重，故敎柴進急早回來。柴進匆忙便赴高唐州，並帶着李逵。至時叔父已死去，僅留言須代他出了這口氣。在葬儀完了後，殷天錫率領手下逼迫明渡花園。李逵憤怒，遂把殷殺死。柴進令李逵逃走，自己被捕下獄。

李逵抵梁山泊告知詳細，山寨立刻點起許多步馬軍，去攻高唐州。知府高廉以得意方術，飛沙走石，紙人紙馬，反使宋江軍無法。

第五十二、三回

爲對抗其妖術，呼喚歸省中的道士公孫勝，派戴宗李逵赴薊州。好容易知道公孫勝在九宮縣二仙山羅眞人處，把他請回來。那時，羅眞人授與公孫勝秘法，名叫五雷天心正法。其結果把高廉軍打破，占領高唐州城，殺死高廉，從古井裏救出柴進。

該高廉乃爲東京高太尉之弟，高太尉聞知大怒，認爲非擊滅梁山泊不可，遂調遣河東名將呼延贊嫡孫呼延灼爲兵馬總指揮使，進兵征伐。

第五十四、五回

呼延灼率領許多馬步軍，往討梁山泊。用連環馬戰術，攻破宋江軍，宋江亦險被生擒幸得逃回。

又官軍復以火炮猛攻梁山泊，炮火凌振在鴨嘴灘城寨接近地方安置風火炮，金輪炮，子母炮，實行炮攻，宋江用計，得水軍援助，奪下凌振火炮。

又破連環馬方法，須用鈎鎌鎗戰術，爲請鈎鎌鎗教師徐寧，特派時遷起東京，結果頗圓滿。

第五十六回

梁山泊軍以分捕之淩振大砲，徐寧的鈎鎌鎗大破官軍，呼延灼落荒而逃。呼因返京不能，起青州慕容知府處求援軍，途中恩賜之名馬被桃花山山賊偷去。在青州借得步軍，攻擊桃花山。桃花山李忠，周通，難抵抗青州軍，求救二龍山。魯智深，武松，楊志，張青等，應求出動援軍，衝呼延灼背後。又加呼延灼接得白虎山寨主孔明孔亮襲擊青州之報，受慕容知府呼召，乃撤退軍馬與孔明等戰，把孔明生擒。

第五十七回

三山寨商議聯合軍打青州城，惟只以他們的軍力勢難達到目的，爲借梁山泊之力，乃派遣孔亮求助於梁山泊，宋江當即應諾，派送援兵，用計使呼延灼落於陷坑被捕，後呼率領青州兵馬，返還青州城。知府等不知是計，開城迎呼延灼，不料呼忽叛變，殺死知府以下城內男女老幼，掠奪金銀財寶，撤退梁山泊。又二龍山，桃花山，白虎山兵馬等，亦各燒燬山寨，去梁山泊入夥。

魯智深想起史進，要求宋江去少華山迎他入夥，宋江允之，魯智深領武松同去，至少華山後，得知史進爲路打不平，被捕下獄，魯智深不聽衆言，隻身欲去行刺賀知府，不料被人發覺，亦被下在牢獄裏。

第五十八回

爲奪回史進及魯智深，梁山泊大軍直至華州，惟因華州城堅固進攻不易。在少華山山寨作種々協商，適値朝廷派宿太尉爲勅使，起西嶽華山奉納「金鈴弔掛」，知道宿太尉在此附近水路經過，宋江等脅迫宿太尉，備用隨從等儀裝，假裝參謁西嶽行列。把華州知府呼來，當場逮捕殺害，繼便攻華州城，救出史進與魯智深，予宿太尉以厚禮，返其衣裝。

放火燒了少華山寨，史進等一同入夥梁山泊。又有芒碭山山寨，在樊瑞，項充，李衮三頭領下有許多人馬，聲勢頗大，計畫併吞梁山泊，史進以初到大寨無功，情願引本部人馬前去收捕這夥强人，率領部下出兵，因對方異常强盛，只得依賴梁山泊援軍。

第五十九回

宋江率領大軍來到，用公孫勝策略捕虜項充，李衮。由此二人說降了樊瑞。

有盜馬賊段景住，慕得江湖上及時雨宋江之名，盜得大金王子名馬，欲作引見之禮，不料途中被曾頭市曾家之子奪去。並謂曾長者等對梁山泊吐出一些侮辱言辭，晁蓋等憤慨，率領大軍攻擊曾頭市。在出陣之際，帥旗被風折斷，吳用認爲不祥，不宜出陣，晁蓋不聽。進軍果中敵方策謀，折兵大半，晁蓋中敵毒箭，返梁山泊數日毒發死亡。當鄭重作法事時，有大名府龍華寺住持因遊方經過梁山泊，就請在寨內做道場。

第六十回

從這住持口裏，得知大名府有一個開當舖的豪傑盧俊義，宋江擬把山寨頭領讓給他。用吳用的策謀，打扮易者裝束，穿着白絹道服，拿一副滲金熟銅鈴杵，李逵打扮道童模樣，桃着個紙招兒，上寫着「講命談天，卦金一兩」，望北京城走去。用種々方法得接近盧俊義，告訴他道：「目下不出百日之內，必有血光之災，只除非去東南方巽地上，一千里外，可以免此大難」。盧俊義半信半疑，心中不安，把這件事情告知梯己人李固與燕青，他去東南上一千里之外，祭諳泰山，就便做些賣買，李固與妻賈氏，皆勸他不可，因途中必路過梁山泊，恐有不測，盧俊義不聽，用十輛太平車子，裝十輛山東貨物，由李固率領出發。

一日走近梁山泊時，果有四五百名山賊出現。其頭目正是喬裝道童的李逵，這時節盧俊義纔發覺他們引誘他上山的計策。兩人鬪爭多時，李逵逃走。又有魯智深，武松等相繼替換，使敵疲於奔命。後宋江吳用出來，勸其入夥，不聽。盧乘隙逃出，至茂蘆水邊，見有一隻小舟，求其渡過對岸覓一客店，該漁人允諾，至江中把船弄翻，捉住盧俊義，這漁人便是阮小二，並有李俊，張順等。

第六十一回

盧俊義不習水性。落水被捕。與盧俊義換上衣服，迎入梁山泊。宋江再勸他入夥，惟盧始終倔强，竟言道，盧某要死極易，要從實難之話，宋江等無法，只勸他在山寨勾留幾天，再回去不遲，盧始答應。宋江把日前捉來的李固並貨物交還令其返大名府，歸宅告知家中大小不必掛心，過兩三日內必返。及至李固下山後，吳用從後追來，詳告他說，你主人已答應了爲梁山泊副頭領，已經不能返大名府了。

一方盧俊義很想早日下山歸家，怎奈宋江等頭領輪流款待不放。一直在山寨住了二個餘月。

好容易梁山泊始放行，一日在靠近鄉里時，途中逢見如乞丐一般的燕青。燕青告知李固回來說是主人已在梁山泊作了副頭領，並已告之於官。又賈氏與李固通奸，煩自己碍眼把我趕出，盧不信，踢倒燕青，逕奔家去。正在談話中，從前後門進來捕手，把盧綁縛，押送留守使衙門，受梁中書嚴重拷詢。惟盧說明詳情留守司不信。又加其妻賈氏與李固買動上下，用種々刑罰拷打，盧俊義熬打不過，只得承招，押在大牢裡監禁。

某日，獄吏蔡福在街上閒遊，李固誘至州橋附近茶店，出金使其暗地殺死盧俊義，及至歸家，復有柴進領梁山泊命用錢賄賂蔡福，求其保護盧俊義。蔡福把這事告知其兄蔡慶，蔡慶心中早有意入夥梁山泊，故勸其弟把這些錢使用在上下各吏身上，救助盧之命，結局把盧杖刑四十，發配後門島。

李固又在護送兵身上用錢買動，求其途中把盧殺死。在他們離去人家一個森林中正欲下手時，卻被燕青看見，用箭射死二公人。但是盧俊義仍被捕送至大名府獄中。燕青因出去射鳥充饑未被捉，後知盧員外再度入獄，遂急奔梁山泊。途中偶遇楊雄及石秀，他們也是受宋江之命來探聽消息的，燕青告其詳情。於是楊燕赴梁山泊，石秀隻身進大名府，及至到時當日，正值在市中執行死刑之際，石秀一怒在十字街前大鬧法場，斬殺許多役人，背負盧俊義逃出。

第六十二回

但是兩人在城裡轉繞一起，還是被官軍捕捉了。梁山泊為救盧俊義，派出大軍，在攻城前撒布些恐嚇宣傳單，梁中書當被威脅，對於二人躊躇不決。兵馬都監李成，與部下索超，一同在城東飛虎峪及槐樹皮等，為設壁柵，掘陷坑，極力防禦不怠。梁山泊軍節々逼近，交戰，結局官軍敗走堅守城內。翌日只留南門攻打其餘三門。梁中書向東京蔡太師告急。

蔡京驚訝與童貫協議，容納防禦使宣贊之議，起用關羽嫡派子孫蒲東巡檢關勝，任為討伐軍總帥。

關勝感泣天恩踴躍晉京。會見蔡京等，提言「若救大名，虛勞人力，乞假精兵數萬，先取梁山，後拿賊寇，教他首尾不能相顧」。採用其言，動員山東河北大軍，以宣贊為後陣出發。

第六十三回

此事早被梁山泊攻擊大名府的宋江軍知悉。把一部伏兵安置在飛虎峪，其餘都撤退。城兵認爲敵軍退却，驅兵追擊，果中了梁山泊軍所設的圈套，死傷頗衆。

一方關勝接近梁山泊駐營紮寨，水軍張横等欲貪功名遭擒，宋江看好關勝人物，爲誘其上山入夥，密使降將呼延灼至其軍營詐稱「宋江久有歸順之意，怎奈衆賊不聽，難以決行，恰好乘關勝來攻機會，斬寨中頭領隨官軍而走」，關勝認以爲眞，從呼延灼之言前去夜襲，被伏兵捉住。帶至梁山泊，感激宋江義氣，附隨山寨。這回反爲攻大名府的先鋒。

第六十四、五、六回

天降大雪之日，宋江軍掘有陷阱上被以雪，誘出官軍，逮捕守將索超。他亦無條件的降服。

宋江背上癰發，異常沈重，退軍返梁山泊。

遣張順起建康府聘請名醫安道全。在揚子江渡船，遇見張旺賊船，被投江中，奪去金銀，惟張順原係會水能手，得以上岸，訪建康安道全懇其赴梁山泊。惟安道全愛妓李巧妓不願其出走，使他躊躇不決，適在該妓女之處遇見搶劫之賊，張順一怒殺之，同時並殺了巧妓等，可使安未有捐戀之心。途中復與張旺相會亦殺之。

經安道全診治，宋江大患，不出旬日治愈，山寨頭領一致歡喜，照舊的留養於寨中。然後又計畫攻擊大名府。這回乘元宵節熱鬧之夜，梁山泊勇士化裝獵夫，行脚僧，乞丐等混入城內。其一人時遷，以在大名府唯一的翠雲樓酒樓上放火爲號，其他化裝人亦在城內各處放火，致市中陷於大混亂，乘虛占領諸官衙，殺了王太守，梁中書由李成等護衛下幸得逃出城外 。把盧俊義， 石秀由獄中救出，又把李固與賈氏逮捕赴梁山泊殺戮。

宋江請盧俊義爲山寨首領，盧以其無資格，固辭不受。

一方蔡太師聞大名府陷落，又命凌州單廷珪及魏定國兩將軍出剿梁山泊。宋江以新加入之關勝，係與單廷珪有舊好，直接去凌州，擬單說對方，惟不聽。便與之戰，單廷珪遂被捕，以禮相待降伏。並由單廷珪歸去，遊說魏定國，對方也慨然歸服。

第六十七回

段景住與楊林石勇去北地買馬，買得駿馬二百匹，在赴梁山泊途中，又被曾頭市把馬奪去。按曾家日前與梁山泊有深恨，今又作其無法的行動，因此宋江大憤，當即進軍曾頭市。但因防衛堅固不易攻落。

盧俊義爲報宋江之恩，願親打頭陣，把硝煙及蘆葦堆載車上放火，公孫勝以妖術吹起強風，實行火燒曾頭市。結局曾家向宋江等提出降服書，願將奪去之二百匹馬交還，日前從段手掠去之名馬，因史文恭坐騎不予。於是再戰，宋江軍設計終將曾頭市擊破，進入市內。曾長者無處投奔自殺，史文恭被捉。送上山寨，刎首供晁蓋靈前，但晁蓋有遺言，誰先平曾頭市即請其坐頭一把椅子，今曾頭市既已報仇，願讓位於盧俊義爲山主，但這次亦固辭不受。

第六十八回

此時，梁山泊相繼戰爭，金錢食糧不足，乃決定向附近之東平東昌二府求借。宋江攻東平府，盧俊義攻東昌府。

東平府兵馬都監董平，爲有名之雙鎗將，接到宋江借錢糧之書後，追出使者，表示戰意。史進暗入城內潛在歌妓李瑞蘭處，擬見機在鼓樓放火，惟鴇母判知史進爲梁山泊山賊，遂報告衙門把隘逮捕。梁山泊顧大嫂化裝女乞丐，入獄內送飯。會見史進告知大晦日攻城囑其內應。但是史進記錯日子早一天而告失敗。董平探悉宋江等的計畫，急由城出兵，討伐宋江軍大敗，暫退壽張縣界。董平急追落於陷穽被捕。他感激宋江義氣，附隨入夥，用計攻略東平府，先以董平在先，宋江急追，董平闖入城內，便殺了程太守奪掠錢糧而返。

第六十九回

一方攻東平府的盧俊義，形勢不利，求救於宋江軍。宋江乃親率兵救援，這東昌府主將名張淸，善投石子，百發百中，除把劉唐生擒外，並傷許多將士，陷於苦戰。

採用吳用計策，以多數糧車在城外運輸，誘其上套，再以許多糧船浮於江上。張淸認爲好東西，先奪糧車，繼奪糧船，在奪糧船時，忽起大風，天地晦冥，有宋江水軍出現，彼等與馬同落江中遭擒，於是一攻而下東昌府。因此太守平日淸廉，救其命逃。

第七十回

全軍撤至梁山泊，檢點部將人員，恰是百八人。爲向天地神明謝恩兼其意味，執行大規模祭天儀式，繼並舉行盛大賀宴。至其夜半，空中忽發一大火光，只聽天上一聲響，似有物墜於地上，衆人驚異呆視，地上落下一塊石碣。碣面上寫着許多篆書文字，誰也不認識。適有道士何去道，持出先祖傳的篆書辭典，經繙讀結果，上有百八人全部的姓名，並寫有其本體羣星之名，於是決其次序，一同感嘆堅誓永久之契。

在當年快近年末的某一天，有由萊州府向朝廷進送燈籠之下官一行，從山下通過，宋江擬赴東京觀賞元宵節，吳用等力勸不可不聽，遂與柴進等數人共就晉京之途。

第七十一回

一行喬裝官吏，行脚僧，商人等出發，宿於萬壽門外。柴進與燕靑爲探聽消息先入城，在某酒店樓上，俯視街上，看見衆人頭巾上都插翠花。知道這是出入宮門的記號，他兩强拉一公人至酒樓吃酒，把酒下上蒙汗藥，使公人睡眠。柴進穿上該公人之錦衣花帽喬裝官人，由東華門入禁院，各地游覽一回，走至睿思殿，在其屏風後邊，御書「四大寇」姓名，寫着，山東宋江，淮西王慶，河北田虎，江南方臘。他用刀把山東宋江四字刻消便走。

返回酒樓，公人還未醒，把衣裝照舊的給公人穿上，乃返城外宿店。後公人醒來，不知詳細便亦徉徜而去。

宮中發現山東宋江四字被人刻消，宮門出入取締，更加嚴重。

元宵節之夜，宋江等進城，觀賞街中熱鬧，後入一茶店，這茶店便是天子寵妓李師々之家，使燕青進入佯稱有山東富豪欲求見李師々一面。李師々應諾，宋江等便進屋去，正在閒談之中，皇帝遽然光臨，宋江躲在暗處，擬乘機求李師々將個人的意思傳達於皇帝，侍從楊太尉從皇帝之後趕來，看見李逵不詳，問其身世。李逵大怒斧亂砍惹起風波。繼並放火，逃出城外。

第七十二回、

燕青與李逵，在歸梁山泊途中，宿在四柳村，該村的主人狄太公，嗟嘆其女近忽發狂逢人便亂擲物打人，李逵入其女屋子時，也突有石瓦擲來。李逵不服令持火把闖入，該女的屋內却潛伏一個男子，李逵知爲佯狂，大怒以斧斬其二人。狄太公還後悔不迭。後又宿在一個接近梁山泊的大莊家，劉太公告訴李逵燕青他的女兒被梁山泊宋江奪去，李逵大怒，歸梁山泊怒責宋江。宋江以無根據，遂同李逵等赴劉家對證，往劉太公判定並不是宋江，李逵很覺羞慚，基於約定須割首，後被燕青設計解危。結局是某山寨盜賊假宋江之名誘拐劉太公之女，李逵把賊殺死取還其女。

第七十三回

皇帝知道梁山泊之勢頗盛，很覺犯愁。有御史大夫崔濤上奏，謂此際收撫梁山泊使其征伐大遼，乃爲一擧兩得之事。此時遼國占領河北一帶氣勢頗盛。於是以陳太尉爲勅使，持招安詔書及美酒，赴梁山泊。勅使一行至梁山泊水邊時，乘坐梁山泊派來之舟。舟夫阮氏兄弟等輕視勅使，唱歌把船底鑿漏，偷飲恩賜之酒換裝村酒，惹起風波來。

宋江等頭領迎勅使至梁山泊忠義堂，接受詔書，文句係以罪人的辦法來對待梁山泊等人，李逵首先不服奪詔扯碎。打開恩賜之酒觀之，全是村酒，衆頭領騷然，甚有主張殺勅使的，勅使抱頭鼠竄，幸得歸朝。

此次命童貫率十萬餘騎大軍來攻梁山泊，也被伏兵及水兵損失過半敗走。

第七十七、八、九回

歸去報告皇帝，因天熱軍士疲勞暫時罷兵。此次又以高太尉親自出馬往征，率領多數精兵與水軍出陣。起初占優勢，但節々被宋江軍打破。建造如大海鰍與小海鰍之兵船，擬一舉衝陷梁山泊，結局這些兵船皆被用計打沈，高太尉亦被捉。

宋江把高誘至梁山泊，依其向朝廷說明來招安之事，高當即應諾，在盛大招宴下，高太尉喫醉，竟欲作相撲戲。燕青出場，把高摔倒。

習日以參謀聞煥章作人質，高太尉返京師。

第八十回

高太尉返京後，不按在梁山泊所言行之，宋江派戴宗與燕青赴東京探聽消息。並持聞參謀致宿太尉之書。因城門警備森嚴，燕青以得意的地方語混過，入城內客店，使柴進留在店裡，他個人往訪李師々家。因以前李逵放火之事，對其人情不佳，後用錢買動了其母，始恢復了人情，對李師々道：「我也是旅商，一旦被賊捉入夥，很想脫出，唯恐因曾入夥為賊，所捕無甚可說，祈在天子面前取得赦免證據」。李師々信其言，或令燕青奏簫，或視燕青身繡，頗以好意相待，其夜天子臨御之際，說是李師々從兄弟，獲得親第免赦狀。並把宋江等歸順朝廷之志，及此前扯破詔書經緯以及童貫高俅等敗北詳情奏上，天子始知情由，不勝驚異。後戴宗訪宿太尉手交聞參謀之書。

第八十一、二回

次日在朝廷，天子出御大叱童貫。高俅稱病始免，後聞得此消息不勝恐懼。

於是重招安梁山泊，此次以宿太尉為勅，使持詔書携金帛名酒，以招安旗在先赴梁山泊抵濟州知府張叔夜出迎，先以自身急赴梁山泊，使宋江等途中迎勅使。梁山泊沿路紮花棚，一同禮裝在途中相待。至山寨時，嚴肅披閱詔書，此次乃是富有仁慈意味的招安文句，宋江等都拜承之，代盛大宴會與贈物，鄭重送宿太尉歸朝。

其後一同集中，决定歸順朝廷，願歸農及歸鄉者，予以金帛金銀，任其自便，又把貯藏之糧食物品等，招地方商人百姓來買，極爲熱鬧。

百八人諸星將整列，率十萬軍兵，以「順天護國」之大旗在先，步伍堂々赴東京去。抵東京駐紮新曹門外，將星本皇帝所招在七德殿階前謁見，擧行招安式，更下征伐大遼大命於宋江等歸順軍。

宋江等領勅命歡喜，爲準備復返梁山泊。說明朝廷招安經過，把殘留山寨之家眷送回故鄉，並把山寨設備破壞後，在東京城外陳橋驛待命，即便就北征之途。

以洞悉北邊事情的段景住爲嚮導，先攻遼國最南要衝檀州城。此城是通潞水之城郭，由李俊水軍從水門突入，致內側混亂，沒有費事將該城占領。

第八十三回

宋江軍堂々入檀州，招撫百姓，秋毫不犯，蕭官——即遼族官吏——全被捕，追還沙漠地方，報告宿太尉，大喜，上奏天子。朝廷特派陳安撫使爲監官齎來恩賞。置趙守護檀州，餘軍赴薊州。

薊州係遼之重都，守將爲遼王王弟耶律得重。宋江軍攻其支城平峪縣不久即下，攻玉田縣之盧俊義却陷於苦戰。後得宋江軍援助亦告陷落，遂合軍攻薊州。此城堅固屢攻未陷。後以石秀與時遷暗中進城，在寶塔及佛殿放火爲號，城外放石砲猛攻，終不支亦被奪下。

宋將等逃往霸州，向遼大王報告宋江軍雄猛難禦，有歐陽侍郎軍師奏道：「宋江這夥，都是梁山泊英雄好漢，如今宋朝童子皇帝，被賊臣弄權，嫉賢妬能，閉塞賢路，久後如何容得他們，論臣愚意，郎主可加官爵，重賜金帛，臣願爲使臣，說他來降俺大遼國，郎主若得這夥軍馬，來覷中央，如同反掌，雙方皆爲得策」。大王聽罷，遂派歐陽侍郎爲使，持禮物送與宋江軍。

第八十四回

歐陽侍郎會見宋江，遊說結果，宋江心中一時[illegible]於去就。受其禮物僅說道「容緩考慮令返。彼時適值公孫勝欲返故鄉薊州城，拜謁二仙山羅眞人老母，宋江願與同往。在眞人處占卜將來之事，授法語諭示歸遼不可。於是盡忠於宋朝之心益決。

遼王復來催促。宋江說道：「我個人很想附遼，惟部下贊否參半，今不能即決，只好暫時的辦法，我帶個人的手下先去歸順，倘反對派盧俊義攻來時，再講求拉攏之策，如彼等不聽時，以戰應之」，於是在歐陽侍郎歡迎下入霸州城，並對關守言明，將有自己

同志吳用必來，請與放便，當吳用入關，繼便有盧俊義大軍突來，乘其不意占領霸州，

第八十五、六回

次即攻幽州，遼軍利用山險，使先鋒宋江軍，無計可施，其後退至獨鹿山佈陣，此時後軍盧俊義軍中敵計行方不明，經解氏兄弟從獵夫探出消息，說是盧軍已被誘至青石峪谿間，刻正遭難中，於是進兵襲青石峪，救出盧軍。

幽州遼王，命統軍兀顏光爲元帥企奪回霸州，宋江軍在城外方山佈陣交戰，俘虜兀顏愛子。

第八十七、八回

宋江軍進兵由永淸縣口而入，擺陣於昌平縣界，遼大王領軍邀擊，宋江軍一時失策敗北，李逵被虜。

後應吳用諫議，派使赴兀顏統軍處，說道：「天氣寒冷，暫時停戰，來年再戰」，提出要求，惟兀顏以宋可欺不許。於是兩軍再戰，遼軍擺下混天象陣，宋江軍終未攻破，因此，宋江異常愁悶，夢中得九天玄女授與破陣之法。

宋江急造雷車，上載火石火砲亂入陣中，兀顏統帥當時戰死，其他敗走，遼王歸幽州以來，緊閉城門不出，宋江軍圍攻，遼王在城壁揚降旗始罷戰。

遣使求降，降宋的條件，即是每年納貢，不再犯中國，宋江命遼派遣正式使者赴東京

，於是遼國派右丞相褚太師爲使者携帶多數禮物赴東京，同時宋江軍令柴進蕭讓二人隨之進京。

抵東京時，柴進先至省院呈上趙樞密公文待勅許，其間褚堅以莫大賄賂買動蔡京，童貫，高俅，楊戩等，在朝廷評議結果，依蔡京提議，下勅容納遼國要求，宥其無罪，並把宋江軍占領之城市復返遼國，永爲國家藩屏，因而宋江苦心盡瘁結果，宋未得絲毫利益，異常憤慨，不得已罷軍凱旋，在此地方一石碣，表明戰記，遂率全軍向東京出發。

第八十九回

宋江軍征伐大遼歸途，魯智深爲向其昔日受洗之五台山文眞長老致敬意，得宋江同意，並與宋江同行往訪，智眞和尚異常歡迎，授與每人以偈語，在山一宿下山，在雙林鎭與盧俊義等相會一同赴東京，抵城外陳橋驛待聖旨，仍得朝見授與恩賞。

第九十、九十一、二回

這時河北田虎造反，攻取五府五十六縣，自稱晉王，定都威勝，建築宮殿，設置文武百官等，形勢極爲嚴重，宋江自言願去討伐，獲得勅許，再率大軍渡黃河突入衛州。

先陷陵川，高平，繼至下蓋州，在蓋州把軍二分，一軍由宋江指揮取路東北，一軍由盧俊義將領西向，擬至臨縣合兵共取威勝，此時陽城及沁水住民各把守將擒住，開城歡迎宋軍。

第九十三、四、五回

宋江軍丘萬越過天地嶺，此地多洞穴，進攻壺關，該地山形如壺，頂上有關，係漢代所設，其東有抱犢山，北控昭德城，要害堅固，不易攻陷，宋江暗派心腹，說服抱犢山主將唐斌，用計內應垂手而得。

再攻昭德城，守將喬道清，是一個妖術家，軍勢雄厚，屢苦宋江，魯智深等被捕，宋江亦告危，得位尊戊巳土神救助解危，後公孫勝由衛州馳至始漸被攻破，喬道清逃亡，至昭德城東北百谷嶺古廟藏身，該古廟傳係昔時神農嘗穀之遺蹟地。

第九十六回

攻略昭德城，採吳用策，以招降箭文射入城中成功。

另方盧俊義軍攻晋寧城，生擒守將孫安，孫安降服後，自願說服喬道清，因喬係孫之同鄉親戚，乃同戴宗至宋江軍，再去百谷嶺，領喬來降。

宋江恢復六府之旨，向朝廷報告，並祈派遣各府守護官吏，朝廷特派諫官陳瓘爲安撫使，犒賞宋江軍戰功。

第九十七回

昭德陷落之事，威勝田虎已知，田虎夫人之父鄔梨，願率大兵出擊宋江軍，並以其義女瓊英任先鋒，該瓊英年少英俊，武藝出衆，夢內曾得神人援與投石之術，惟該女父母都被田虎所害，早蓄意乘機報仇，又鄔梨亦是一個野心家，他很願田虎與宋江軍，在鷸蚌相傷下，藉受漁翁之利而獲得王位，這些大軍與宋江在五陰山邊交戰，瓊英奮鬭困窘對方，逮捕解兄弟，鄔梨亦射死傷宋軍甚多，宋江退至襄垣，後其部下總管葉清喬裝醫師來探消息被宋江捕捉，該人便是瓊英亡夫的傭人，也是敵視由虎的一人，彼云他是藉口喬裝醫士來探消息，其實是爲內應而來，於是使神醫安道全與張清扮着藥方士，改名全靈全羽，去鄔處給鄔治傷，果然鄔傷痊愈，甚喜留在軍中歡待，鄔更判明其中全羽武藝驚人，並是投石名手，瓊英亦傾心於他，說是與其夢中授與投石術之神相似，乃以葉清爲媒，使其兩人成婚，全羽始把他眞實姓告知，與安道全設計，毒殺鄔梨，收撫其部下軍兵，救出解兄弟，一方僞作鄔梨書，謂其新得一部將全羽勇士，向田虎報告有他決不能使宋江軍出昭德城一步。

第九十八回

田虎拆閱僞書大喜，謀奪昭德，一方盧俊義軍由汾陽進介休平遙，節々逼進太原，適值天氣連日淫雨，行軍苦難，攻太原也因水多無法下手，後由潞城經榆社，大谷來合之水軍李俊，建議水攻太原之策，先建造許多船隻，充自軍避難用船筏不足時，則可預登岡上，掘開晉水智伯渠及東西三處，水勢恰如天上銀河，衝入城內。

第九十九回

因而城內軍民溺死者甚多，太師卞祥等亦爲俘虜。水勢日落時退去盧軍遂入城。

此時，田虎率領大軍十萬，在昭德北方銅鞮山佈陣，亦因大雨不能行軍，俟天晴再攻昭德，當此之際，忽聞水軍太原之報甚急，遂急返威勝城，受宋江軍反攻大敗逃走，時新附部將全羽出現，誘其入襄垣城，故田虎歡而隨之，遂被宋江軍逮捕，然後用吳用策，從部下中選出似田虎之人扮裝，在瓊英隨從下赴威勝城，城兵認爲晉王歸城開門，遂亦被占領。一方盧俊義軍亦由沁源入城，宋江與陳安撫使後到，焚其宮殿鹵其財寶高奏凱歌，一方把在襄垣逮捕之田虎用囚車護送東京。

第百回

彼時，有淮西王慶稱楚王謀叛，勢極猖獗，業把八州收歸掌中，大有侵京師之勢，依亳州知府侯蒙上書，決定命宋江以討伐田虎餘勢出征王慶，乃以侯蒙爲勅，使携帶金銀財帛來威勝城，宋江禮拜勅命受恩賞頒與將士，並把田虎向京師護送，田虎抵京後以謀反罪在市上處斬。

按王慶乃生於東京富豪之家，年少時不好讀書，專耽溺於遊戲，性習鎗棒，膂力過人，曾爲開封軍副排頭，惟生性放蕩，慣於賭博，某日在玉浦圃池畔，看中童貫義女嬌秀，嬌秀曾許嫁於蔡京之孫，惟因其痴愚不滿，今見王慶有動於心，遂與王慶結交，其事竟被童貫發覺，命府尹處嚴刑。

第百一回

府尹捕王慶以「妖言惑衆，具有謀叛之心」下以判決，帶上七十斤首枷，刺配西京管下陝州。

在護送之下幾日步行走到嵩山麓下北部鎮，與一自誇鎗棒的男比試獲勝，在新安縣龔家備受歡待，並受龔家兄弟所託在村中野天戲台上擲下黃達，然後入陝州牢城營，入牢城營後不知何故時受張管營虐待。該人原係日前在北邙鎮被他打敗的使鎗棒之妹夫，以得王慶判明，異常憤恨，乃私入其屋，斬殺其夫妻逃走。

第百二、三回

王慶向南方逃走途中，與其母叔伯兄弟范全邂逅相遇，該范全乃爲房州公人，受其庇護，得在城外定山堡農園藏身，其村有段姓，二男一女都會使鎗棒，時常欺壓近鄰，王慶與他們交手獲勝，其中一人段三娘，佩服其武藝願嫁與他。在他結婚之夜，被當地警吏判知其身份，前來逮捕，獲得段家的援助，把捕吏打敗，遂逃至距此村二十餘里的房山寨避難，當時追隨的有段家一族及范全，同時還有舊友劍客李助等外隨近百姓等數十人，各把自家放火遁入山寨。

第百四、五回

抵房山寨時，寨主對此強力入夥者恐有奪取自己地位之虞，拒而不納，於是把寨主斬殺，奪下山寨，收服其部下山賊約五六百人，繼攻取房州城，集中地方無賴擁有軍勢數萬，然後攻略四方，五年間取下南豐，荊南，山南，雲安，安德，東州，宛州，西京八州十六縣，並大破雲南軍，聲勢浩大，京師方面雖有蔡京童貫等屢派兵進剿，終以賊勢强盛未能取勝，故乃有命宋江軍出征之舉，此次王慶正在猛攻魯州，襄州之際，忽接到宋江大軍來討消息，乃急撤兵，魯襄之危乃解，王慶撤兵後命各地守將堅固防禦陣容，宋江先破守備宛城的方城山，繼取宛城，又有大軍一隊乘船由泌水下漢口奔山南，共問王慶部將，正擬奪回宛州城，陳安撫使以空城計誘敵將其擊破。一方奔山南之主力軍，與李俊等水軍相會併攻，遂把該地攻陷，並逮捕段二，於是分軍爲二，宋江赴荊南，盧俊義打西京。

第百六回

宋江軍先奪下荊南城北紀山山寨，再進兵攻本城，此城內居一名門蕭嘉惠，平時即對賊徒占據此城不滿，適値此際有大軍來攻，不勝歡迎，爲使城內發生變亂，乃以宣傳單數十張，乘暗夜撒佈於城中，城民讀之，發奮蹶起，因而爲官軍的內應，宋江垂手占領此城。

一方盧俊義破赴西京途中的龍門關，其一部將孫安被追至伊闕山下迷於深谷中，盧予以救助，與敵方大部隊在龍門關西方交戰，敵將毒焰鬼王爲一妖術家，從口中吐火，使盧軍焰於苦戰，後以喬道清起黑霧破之，搭上雲梯飛橋便把該城攻下，繼與宋江軍會合攻王城南豐，在此用砲火攻敵，乘機侵入城中，捉住王后段三娘殺之，王慶在雲安城陷落時，業預知官軍必占南豐，乃以便衣擬赴東州。

第百七回

王慶在青近開州時，至淸江河邊，見有一漁船，求其渡江，此船頭便是水軍頭領李俊，看出是王慶遂將其用繩綁縛，然後送至南豐，宋江盧俊義太喜，共擧戰勝之杯。然降服宋江軍之田虎軍的將士等，或戰死或病亡，大半死去，只有喬道清一人得返故鄉。

宋江軍護送王慶凱旋京師，朝廷厚賞宋江等，任命宋江爲保義部皇城使，任盧俊義爲宣武郎團練使，其他亦賜與官職，又王慶在大街十字路口處以極刑，其首並梟枷示衆。

第百八回

有獵夫方臘，居住江南歙州山中，某日其身映在水中，穿着寶冠袞袍，頓生謀叛之心，集結黨徒，由睦州至潤州八州二十五縣，皆被奪下，其宮殿建在淸溪縣幫源洞，並在睦州歙州設行宮二處，其勢浩大，有逐漸侵凌國家之勢，朝廷不得漠視，擬命張招討論與劉督都兩人去討伐，知此消息之宋江，正是皇軍馬暫息之際，上言願出軍征伐方臘。

朝廷遂命宋江爲平南都總官，盧俊義爲副總官，整備水陸兩軍，取道東南至淮安，探聞知縣關於方臘的一般事情，得知須攻落潤州要害方可。於是遣柴進，李俊等偵察敵情。

第百九回

柴進等至揚子江岸瓜州遙望對岸，在北回山麓，有上插青白兩色旗之兵船數十隻，張順游泳至江中之金山山下，適有小船兩隻駛來，把其逮捕，詳詢之，探悉乃係潤州守將呂樞密，贈與河四定浦村陳家旌旗軍裝之舟，張順斬之棄於江中，與燕青等裝其使者樣子赴陳家，把陳一家皆殺死。

宋江軍以此些旌旗軍裝喬裝，聲稱爲陳家運糧食之船，搖至潤州江岸，呂樞密疑心，只准喬裝陳家兄弟的穆弘，李順二人上陸，其他不得上岸一步，欲實行船中偵察，此時宋江軍頭領等便乘其不意跳上江岸直向城內突入，城兵驚慌大亂，呂樞密走丹徒縣，向蘇州三大王方貌求援，方貌命元帥邢政率大軍急駛徒縣救援。

第百十、十一回

但邢政軍遇宋江軍結局大敗，邢政被關勝砍死，呂樞密又逃至常州，然後宋江官軍分二，宋江軍由常州攻蘇州，盧俊義軍經宣州湖州亦向蘇州，其外李俊等水軍由江陰太倉攻嘉定常熟地方。

攻常州之宋江軍，因守將金節，係爲宋朝之臣，得其內應，當即占領。

第百十二回

無錫陷落即攻蘇州，三大王方貌，率領大軍由閶闔門出動，經寒山寺進無錫大路，遂與宋江軍相遇，乃交激戰，呂樞密被除寧刺死。

蘇州軍緊守堅城不戰，宋江軍爲使水軍破之，乃命李俊與童家兄弟由宜興駕舟，橫過太湖，赴吳江，途中在榆莊柳逢費保等湖賊，險遭不測，後終把該湖賊說服參加宋江軍，潛入城內各處放火，宋江軍在外大舉進攻，斬三大王方貌於烏鵲橋畔。

第百十三、十四回

宋江軍占領平望陣，秀州，節々逼近杭州，此時柴進自爲間諜擬赴方臘根據地探聽消息，打扮一個白衣秀才，燕青打扮家僕，由海路赴睦州。

此時杭州城守將，爲方臘太子方天定，其部下有石寶元帥以下多數雄將，其勢不可侮。

宋江攻陷崇德縣便至臨平山，過皐亭山在東新橋布陣，即將攻杭州，分兵三路，第一軍由湯鎭路奔向杭州東門，第二軍爲水軍，因北新橋進船，過古塘截西路，攻打依湖之城門，第三軍擊北關之艮山門，第一，二軍皆因敵未出來迎戰不敢前進，其中有第二軍主將張順，單人擬由西湖水門潛入城內放火，在他泳至接近城壁時，被敵發覺，亂箭射來，遂爲水中鬼。

宋江軍戰況一向不進展，某夜忽見全身染血之張順到來，他愕然驚醒原是一夢。此時李俊正遣人報告張順戰死，於是在西山靈隱寺舉行追善供養式，並在西陵橋畔執行祭典。

此時有敵來襲，宋江軍早有埋伏，反而敵軍大敗被追於西湖，溺死者甚多，一方盧俊義由湖州經獨松關至杭州攻東門，因敵方堅守不拔，又呼延灼亦經湖州，經德清縣與宋江軍相合，節々實行總攻擊，仍是不進展，解兄弟見南門外二十里范村有數十隻兵糧船在那繫着，遂利用此船喬裝船夫，由王英等三對夫妻扮着艄公艄婆，其餘都潛伏艙內，近城叫開門，城兵見係運糧船，當即放心放過，入夜凌振潛登吳山頂，以於九相子母砲爲號令，混入城內的同伴，亦把火把點着一齊叫喊，又李俊等由西湖呼應，奪取湧金門及各水門，城兵大驚，不知所措，皆羣向奔命。

因南門爲一活路，方天定遂由此門落荒而走，至五雲山下時，突由江中出來啣劍之張橫，飛斬其首，跨其馬至宋江處，這是日前在西湖死去之張順的靈魂，附其身上而行之報仇舉動。

第百十五回

宋江軍在杭州稍息，守備杭州委張招討，節々向方臘根據地清溪縣進兵，在途中爲攻略睦州及歙州，把兵分為二，宋江沿錢塘江奔富陽縣，盧俊義經臨安縣攻昱嶺關。

柴進為入清溪縣作間牒，與燕青乘便船來到海鹽縣海邊，渡越州由諸暨縣至睦州時，被把關隘將校攔住，柴進佯告道：「某乃是中原一秀士，名叫柯引，能知天文地理，善會陰陽，遙望江南有天文氣而來」，將校振告於睦州守將，並見柯引風貌清高，談吐不俗，信以為真，遂把柴進等領至清溪宮殿，拜見方臘偽帝，並上言「聖顏有龍鳳之相，他日中原社稷，定屬陛下」，於是很受歡待，並令丞相做媒，把金芝公主招贅柴進為駙馬，封官為主爵都尉。

宋江占領富陽，桐廬二縣，進兵至睦州街道唯一難關烏龍嶺時，要害堅固建在嶺上，其麓有山寨駐屯許多兵船軍兵，命阮小二等水軍進攻，敵以連火排流筏應之，阮小二大敗，阮小二恐被俘虜竟以腰刀自刎而死，其他亦多死亡，不得已退至桐廬縣。

第百十六回

正當宋江苦於無法攻略烏龍嶺時，京師派慰問使童樞密及王稟將軍領軍兵來到桐廬縣犒賞三軍，後宋江探知烏龍嶺小路，令老農夫領路，宋江領軍一隊暗夜越過嶺之一角，把東管占領，此東管係居睦州與烏龍嶺中間之小城，宋江由烏龍嶺後方以連珠砲砲擊山上，敵將則以檑木火石應之。烏龍嶺仍不下，繼又轉兵攻睦州，接到攻睦州之報的方臘，乃命鄧魘君出現多數金甲天神，宋江軍陷於苦戰，烏龍嶺神靈偏向宋江揚揭穿金甲神正體，乃係一些松杉大樹，此烏龍神，係唐代進士邵俊，因一生不遇，乃墜江中而死，天帝隣其忠直使其化為龍神。

攻擊烏龍嶺正面之童貫關勝等主軍漸々得勢，卒占領之，杭州守將石寶亦自刎而死，如此乃合軍襲睦州一舉而下。

第百十七回

一方攻昱嶺關的盧俊義軍戰況，雖一時陷於非常苦戰，但在硝煙火燒下終占領之，繼便攻取歙州，歙州有方臘叔父方垕，守將是猛將王寅，因很強盛，盧軍退至三十餘里，方軍乘勝來夜襲，用羊皷詭計破之，翌日乘勢復攻歙州城，至城時城中未見有一旗，盧軍中兩將疑心中突入，落於敵軍預先埋伏之陷坑中喪命，繼再強行軍，終把該城占領。

接報之清溪洞方面，談論種々防禦之法，李俊率兵糧船穿降服投降，敵方不疑並令其把守水寨，方臘親自出陣相戰形勢不利，在撤退時，忽見清溪城中火光冲天，喊聲四起，趨至城門觀看時，城門上全是宋軍旌旗，這是詐降之李俊等計策，方臘正在進退維谷即將就縛之際，幸得打開一條血路，逃入幇源洞。

宋江軍占領清溪縣，燒毀宮殿，斬殺偽官多數，出告示安撫人民。

第百十八回

方臘逃幇源洞，命其手下堅守洞口不戰，駙馬柯引進言，願盡平生習得之兵法武技，打退宋江軍，以報君主多年優遇之恩，方臘甚喜，賜與錦袍名馬。

柯引率領禁衛軍出洞，花榮一見乃是柴進，柴進語花榮道「須佯敗逃走」，纔有
出來交戰，關勝亦僞敗而逃，柴進乘勢急追，宋江軍退至十五里。

柯引意氣洋々歸陣，方臘大喜，認爲此人恢復國祚不難心中安堵，翌日柯引再率
進兵，方臘親登幇源山觀陣，柯引與敵戰，急招宋江軍一同突入城中，方臘大驚換
從幇源山逃向山裏去，柴進入後宮金芝公主縊死，其他大半死亡，把宮殿城樓放火
悉化爲灰燼。

宋江軍不見方臘，懸賞各地搜尋，方臘幸而脫險，逃至某溪川沿，有一草庵，擬
休息片刻，魯智深突跳出來，以禪杖打倒縛之，按魯智深在烏龍嶺戰爭時，深入敵
失道路，遂來到這裏，這草庵老僧告訴他，有一大漢到來時必須捕之，故在此相待
一同首則老僧不見，宋江等來到判明爲方臘，化身老僧必係羅漢，一同對天拜謝。

把方臘引交睦州張招討，又在該地寺院爲陣亡者舉行盛大法會，這次戰爭戰死及
者甚多，目下只餘三十六人，後宋江軍抵杭州六合寺，魯智深自知命數已盡，坐本
椅上圓寂。

第百十九回

宋江軍朝廷命令凱旋東京，不願爲官者可任意歸鄉，將星只餘廿七人。

大軍抵陳橋驛，靜待勅命，翌日朝廷一一賜見，於是任命宋江爲武德大夫楚州安撫使，盧俊義爲盧州安撫使兼兵馬總管，又吳用爲武勝軍承宣使，關勝爲大名府正兵馬總管，其他亦各授官爵，又對戰死者亦追贈謚號，又將士中願歸農者，委以各人自由加以厚賞，其他編入龍猛虎威兩營國軍中，方臘拉至東京市上處以凌遲極刑。

宋江在赴任地楚州前，一度獲得歸省故鄉勅許，與宋淸同返鄆城縣宋家村，宋太公業已逝世，其靈柩尙置在家中，故招多數僧侶道士擧行鄭重法會，並卜日葬於村南高原，又重建還道村九天玄女廟宇，裝飾聖像，以報神恩，經幾日後，脫去喪服，招村中父老大張盛宴，把莊園讓給宋淸掌管，自向東京出發。

第百二十回

宋江準備去楚州赴任之際，有新授袞州都統官戴宗來訪，即赴泰安州嶽廟爲道士以終天年，寒暄後便辭去，柴進雖被任爲滄州都統制，但曾爲方臘駙馬，恐爲奸臣所害，佯稱罹風疾難稱官職，辭官歸鄉爲庶人，其他朱武與樊瑞同學道德而爲道士，赴九宮山尋公孫勝，爲其弟子，其他多數亦相繼而去，宋江赴任楚州，盧俊義赴任盧州。

宋朝不僅徽宋時代，太祖以來奸臣即多，當代尤甚，蔡京，童貫，高俅，楊戩等便是，對於宋江，盧俊義等功臣所受之優渥恩賞不快，總擬以任何方法陷害之。他們知道欲殺宋江時，盧俊義必反，故須先除去盧俊義，然後再殺宋江方可，諸奸臣容納楊戩計策，以天子召見呼宋至京，在天子賜餐中，偷把水銀滲在其中，盧俊義食之中毒，歸途墜於淮河而死，對宋江亦以此法下賜御酒，中混入鴆毒，宋江飲之驟覺腹痛，知已中毒，認係天命，惟恐潤州李逵知悉，必定造反，如果如此行之，則自己一生忠義淸名必付流水，因此急派人赴潤州謂有要事相商，呼來李逵，欺騙李逵亦飲此酒，及至李逵喫了半晌酒食，將至半酣，宋江便道「賢弟不知，我聽得朝廷差人賫藥酒來，賜與我喫，如死卻是怎的好」，李逵大叫一聲，哥哥反了罷，宋江亦表同意，其夜共床而寢，次日李逵赴潤州之際，宋江道「兄弟你休怪我，前日朝廷差天使賜藥酒與我服了，死在旦夕，我爲人一世，只主張忠義二字，不肯半點欺心，今日朝廷賜死無辜，寧可朝廷負我，我忠心不負朝廷，我死之後，恐怕你先造反，壞了我梁山泊替天行道忠義之名，因此請將你來，相見一面，昨日酒中已與了你慢藥服了，回至潤州必死，你死之後，可來此處，楚州南門外有個蓼兒洼，風景盡與梁山泊無異，和你陰魂相聚，我死之後，屍首定葬於此處，我已看定了」言訖，淚如雨下袂別。

當夜宋江集親部下於枕邊，囑咐遺言，李逵亦在潤州毒發而死，並吩咐死後把其棺槨送蓼兒洼。

武勝軍承宣使吳用，某夜夢中，有宋江及李逵之靈出現，謂其被人毒死，請至蓼兒洼祭吊不勝驚異。花榮亦故此同樣之夢，二人相繼而來相擁喟噗，二人後皆在墓前樹上縊死。

徽宗皇帝不知奸臣之陷害宋江等計策，仍是遊於風花雪月中，某日駕臨寵妓李師之處，稍一合眼，見有一黃衣道人，自稱梁山泊部將戴宗，奉宋江命來迎聖駕，引出皇帝，乘雲霧而抵梁山泊，宋江等多數將星身穿戰衣出迎，至忠義堂，宋江前進流淚訴說個人及其他等寃枉，從此始知奸臣等謀計，思之，卻是一個奇夢夢。

翌日在朝怒責此等奸臣所爲，一方派宿太尉赴蓼兒洼，構築殿堂，四時祭典不算，又在梁山泊亦建靖忠廟，正殿供奉宋江以下天罡星三十六像，左右廊下安置地煞星七十二像此亦四季祭祀不怠，宋江等之靈亦與此感應風調雨順，祈願者屢顯効驗，萬民信仰，直至今日禮拜尚絡繹不絕。

水滸傳新考證終